▶ 雷欧和诺玛夫妻俩在他们
的花园房前合影

（位于密歇根州的普雷斯克艾尔，
2011年）

◀ 诺玛站在绿巨人前，模仿雕像姿
势摆拍，满面笑容，从此，这位平
时极度保守的瘦小老妇人一贯的严
肃表情彻底消失了

（位于明尼苏达州的蓝地）

▲ 诺玛小姐开心享用乌鸦峰啤
酒，向生活致敬，向旅行致敬

（位于南达科他州的拉皮德城）

◀ 开始学着信任蒂米

（位于黄石国家公园）

▶ 捎林果一程

（位于科罗拉多州的埃斯特斯公园）

◀ 与林果一起
赏大峡谷

（位于亚利桑那
州的大峡谷国家
公园）

▶ 一个自豪的老兵参观"二战"博物馆

（位于新奥尔良州的第二次世界大战国家博物馆）

◀ 享用希腊美食

（位于佛罗里达州的塔彭斯普林斯）

◀ 诺玛和蒂米在瑞克和乔的船上

（位于佛罗里达州的迈尔斯堡海滩）

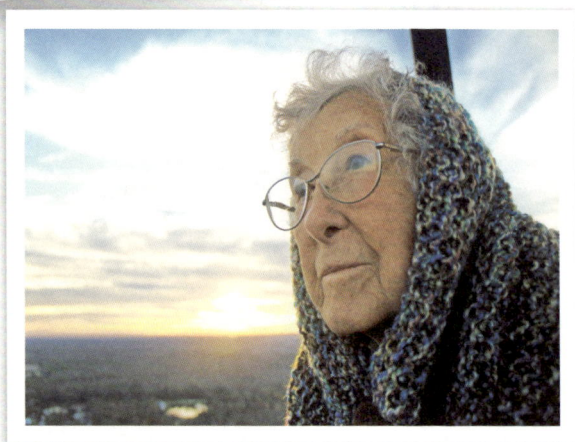

▶ 高些, 高些, 再高些! 我们期待已久的热气球之旅

（位于佛罗里达州的奥兰多）

◀ 诺玛在圣帕特里克节游行队伍中向人群挥手致意

（位于南卡罗来纳州的希尔顿黑德艾兰）

◀ 享受美味

（位于南卡罗来纳州的贝尔蒙德查尔斯顿广场酒店）

▲ 诺玛与明星海狮迭戈的亲吻

（位于亚特兰大州的佐治亚水族馆）

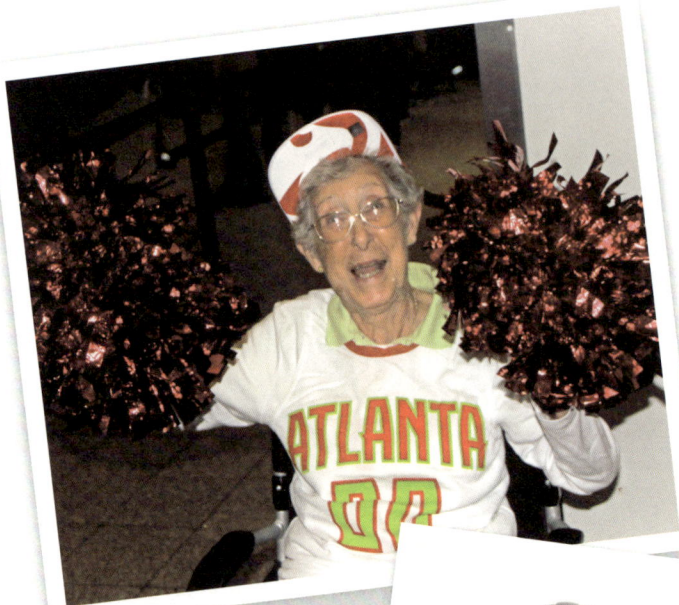

◀ 加油，亚特兰
大老鹰队

（位于佐治亚州的
亚特兰大）

▶ 诺玛小姐第一次骑马

（位于北卡罗来纳州的骑马疗养中心）

◀ 俯瞰杰拉尔德·鲁道夫·福
特号航母

（位于弗吉尼亚州的纽波特纽斯）

▲ 温斯洛普警方以"过分可爱"的罪名"逮捕"了诺玛小姐

（位于马萨诸塞州的温斯洛普）

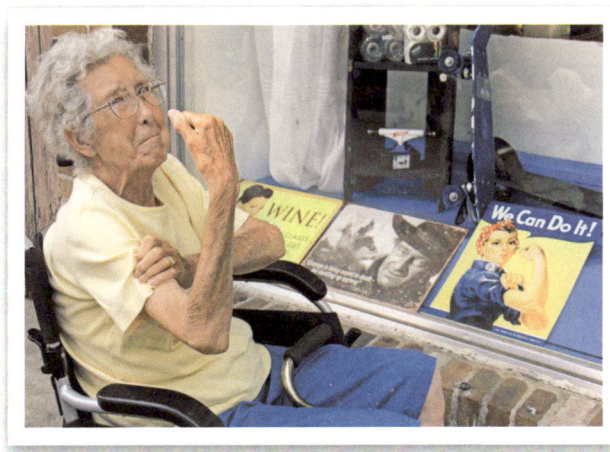

▶ 我们能行！

（位于纽约州的乔治湖）

▲ 小心！危险！

（位于黄石国家公园的猛犸温泉）

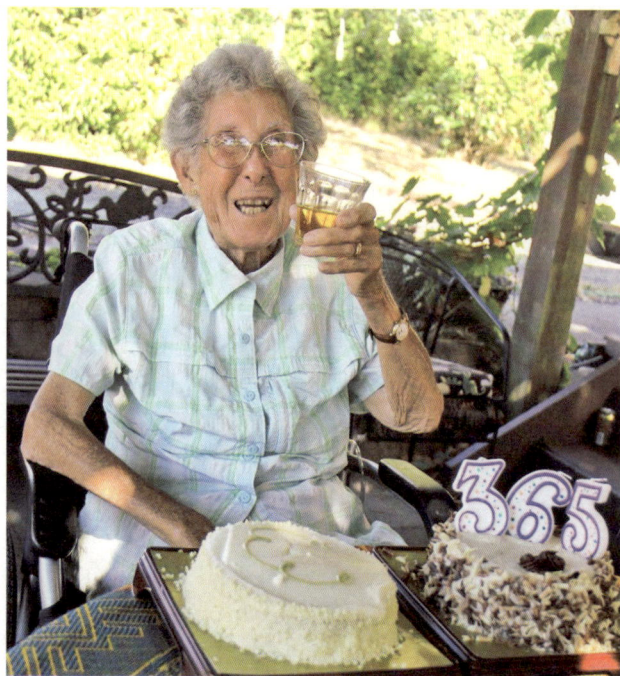

▶ 我们在路上的
第一个周年纪念
日，庆祝一下

（位于华盛顿州的
圣胡安岛）

DRIVING
MISS
NORMA

Go Go Go！
诺玛小姐

［美］蒂米·鲍尔施密特　瑞米·利德尔 / 著

段淳淳　吴淑珍 / 译

北京联合出版公司
Beijing United Publishing Co.,Ltd.

图书在版编目（CIP）数据

GoGoGo！诺玛小姐 /（美）蒂米·鲍尔施密特，（美）瑞米·利德尔著；段淳淳，吴淑珍译. — 北京：北京联合出版公司，2019.6

ISBN 978-7-5596-3152-7

Ⅰ.①G… Ⅱ.①蒂… ②瑞… ③段… ④吴… Ⅲ.①长篇小说—美国—现代 Ⅳ.①I712.45

中国版本图书馆CIP数据核字（2019）第066924号

DRIVING MISS NORMA: ONE FAMILY'S JOURNEY SAYING By TIM BAUERSCHMIDT and RAMIE LIDDLE

Copyright ©2017 BY TIM BAUERSCHMIDT AND RAMIE LIDDLE

This edition arranged with THE STEPHANIE TADE AGENCY

Through BIG APPLE AGENCY, INC., LABUAN, MALAYSIA.

Simplified Chinese edition copyright:© 2019 BY Beijing Odyssey Media Co., Ltd.

All rights reserved.

著作权合同登记号　图字：01-2018-5917

Go Go Go! 诺玛小姐

作　　者：〔美〕蒂米·鲍尔施密特　瑞米·利德尔
译　　者：段淳淳　吴淑珍
选题策划：航一文化
责任编辑：杨　青　高霁月
特约编辑：李　丹
封面设计：门乃婷工作室
版式设计：林晓青
地图绘制：David Lindroth Inc.

北京联合出版公司出版
（北京市西城区德外大街83号楼9层　100088）
河北鹏润印刷有限公司印刷　新华书店经销
字数：182千字　　880mm×1230mm　1/32　　8.5印张
2019年6月第1版　　2019年6月第1次印刷
ISBN 978-7-5596-3152-7
定价：45.00元

一个家庭

一次对生命说"是"的旅行

加拿大

苏必利尔湖

2 麦基诺城 **50**

1 普雷斯克艾尔 **49**

休伦湖

缅因州

巴尔港 **44**

弗里波特 **43**

温斯罗普 **42**

乔治湖 **45**

新罕布什尔州

佛蒙特州

MA

CT RI

苏达州

威斯康星州

密歇根州

密歇根湖

安大略湖

纽约州

福克斯伯勒 **41**

4 蓝地

3 格林湾

底特律 **48**

伊利湖

齐利诺普尔 **47**

费城 **40**

艾奥瓦州

印第安纳州

俄亥俄州

匹兹堡 **46**

宾夕法尼亚州

MD

DE

新泽西州

注：
MA：马萨诸塞州
CT：康涅狄格州
RI：罗得岛州
MD：马里兰州
DE：特拉华州

密苏里州

肯塔基州

西弗吉尼亚州

弗吉尼亚州

纽波特纽斯 **39**

达勒姆 **38**

37 梅宾

阿肯色州

田纳西州

北卡罗来纳州

大 西 洋

36 达洛尼加

玛丽埃塔 **34**

南卡罗来纳州

密西西比州

亚特兰大 **35**

佐治亚州

布拉夫顿 **32**

33 查尔斯顿

31 希尔顿黑德艾兰

亚拉巴马州

萨凡纳 **30**

29 泰碧岛

28 圣奥古斯丁海滩

路易斯安那州

22 德斯坦

27 奥兰多

21 新奥尔良

塔彭斯普林斯 **23**

佛罗里达州

26 卡纳维拉尔角

俘虏岛 **25**

墨西哥湾

迈尔斯堡海滩 **24**

目 录

关于诺玛小姐

诺玛从小在德国家庭长大，童年经历了大萧条期，因此她从小便锻炼出坚韧不拔的生存毅力。二十岁时又遭遇第二次世界大战，年纪轻轻就背井离乡，投入圣迭戈海军医院当志愿护士。退役之后，她遇到同样从军旅中退役的雷欧，二人结为夫妻。因为退役军人生存艰难，他们曾得到过美国前总统杰拉尔德·鲁道夫·福特亲自登门帮助。婚后，诺玛和雷欧没有生育子女，而是从诺玛一直赞助的孤儿院里领养了一个男孩（本书作者蒂米·鲍尔施密特）和一个女孩史黛西。史黛西长大后在美国特工部当了特工，她还曾做过福特总统的贴身护卫，可她年纪轻轻就死于舌癌。多年后，由于他们的养子蒂米喜欢旅行，常年漂泊在外，家里就只剩两位老人相依为命。

诺玛已经九十岁高龄了，跟老伴雷欧居住在密歇根州北部的一个小镇上。这一年，对于诺玛来说算得上是生命中最糟糕的一年了，在仅仅一周时间里，她就遭遇了两大变故——先是永远地失去了相濡以沫的丈夫雷欧；仅过了两天，她又被确诊患了子宫癌，将不久于人世……医生建议她立即动手术，切除子宫瘤，接受放射性化疗。然而，诺玛却拒绝了，她的回答让所有人出乎意料，她坚定地说："我已经九十岁了，不想在疗养院里度过余生，我要去旅行，去看看世界！"

一个身材矮小、体形消瘦（只有九十一斤）的老人，面对生死、面对悲欢、面对痛苦能毅然决然做出这种选择，令家人和医生都肃然起敬，于是，诺玛跟着爱好旅行的儿子蒂米、儿媳瑞米和一条贵宾犬林果踏上了漫漫征途……

蒂米和瑞米为诺玛在脸谱网上专门开设了一个博客，将诺玛一路的旅行信息发布到网上，同时记录了他们对生命、死亡、爱情、亲情、友情的各种思考，一时间引起全国乃至全世界的强烈关注，造成了巨大轰动，许多因为死亡和病痛折磨而意志消沉的人受到了诺玛故事的极大鼓舞。就这样，一位九十岁的癌症老人一时间成了世界名人，所到之处都受到政府机构、社会名流、陌生朋友的热情款待。在这些活动中，诺玛也经历了各种冒险，见识了各种稀罕，尝遍了各种美食，没有给生命留下一丝遗憾。

诺玛用旅行的方式与癌症抗争，历时一年有余，癌症没有恶化，反而有所好转。可是，因为她年纪太大了，最后因为心脏积水，心力衰竭，脚下的旅途还没走完，生命的旅途却走完了。诺玛闭上双眼，脸上留下甜蜜的笑容……

蒂米和瑞米带着诺玛的骨灰继续上路，去诺玛想去而没有去成的巴哈半岛。在巴哈温暖的海滩上，他们从诺玛留下的一个日记本里寻找曾经的点点滴滴……

家　庭

墨西哥·下加利福尼亚州
二月

[蒂米①]

对于像我们这样的旅行者而言，家是一个相对的概念。我们的家在地球上一个偏远的地方，位于墨西哥②下加利福尼亚巴哈半岛的海滩上，这个海滩将参差不齐的火山岩和科尔特斯蔚蓝的海

---

① 译者注：本书为两人合著，正文开始前标注"蒂米"的，该篇是蒂米·鲍尔施密特所写；正文开始前标注"瑞米"的，该篇是瑞米·利德尔所写。

② 墨西哥合众国（The United States of Mexico）位于北美洲，北部与美国接壤，东南与危地马拉与伯利兹相邻，西部是太平洋和加利福尼亚湾，东部是墨西哥湾与加勒比海，首都为墨西哥城。全国划分为 31 个州和 1 个联邦区（墨西哥城），州下设市（镇）和村。州名如：下加利福尼亚州、南下加利福尼亚州、阿瓜斯卡连特斯州、坎佩切州、恰帕斯州、奇瓦瓦州、科阿韦拉州、萨卡特卡斯州等。诺玛小姐人生的最后一次旅行，经过墨西哥的好几个州。

域隔开了。每年冬天，我们都会开着十九英尺长的清风房车① 来到地球上这个独特的地方，小住一段时间。

在二月下旬一个惠风和畅的早晨，我们早早就来亲近海水了。我们养的七十三磅重的纯种贵宾犬——林果，本来坐在瑞米的冲浪板前方，后来经不住海豚诱惑的他② 也跳进了海水中。海豚的喷水孔中喷出的水雾弥漫在空气中，在朝阳的映照下现出绚丽的光彩，美得令人窒息，这些水雾溅到我的唇上，我还能尝到海水的咸味。鱼鹰和蓝足鲣鸟潜入水中觅食，一条鲸鲨从我们的冲浪板下游过，用嘴嗅嗅那些浮游生物。最终，太阳爬上了山头，"理想的港湾"一时间笼罩在一片亮闪闪的金光下。

后来，我们跟开房车旅游的朋友们一起在海中游泳。我们的身体得到充分放松，精神也觉得特别自由，我们谈到了人生变老的话题，特别是关于我们父母的晚年问题。我们想象着眼下和很久之后的一些问题，面对这些问题，我们假设自己会做些什么，会如何应对它，能为它做些什么计划。

假设瑞米在宾夕法尼亚西部的母亲——简，或者我在密歇根

---

① 清风房车（Airstream trailer），其生产商为美国清风房车有限公司，该公司是北美历史最悠久的房车制造商，产品以拖挂式 A 型房车为主。

② 译者注：本书的作者是一对夫妻，他们没有生孩子，一直将养了多年的贵宾犬林果当作一个家庭成员，就像他们的亲生孩子一样，因此笔下一直用特指人类的"他"来代替动物的"它"。

北部的父母——雷欧和诺玛，他们晚年不能够照顾自己的时候，我们该怎么办？我们应该在什么时候替父母做点事情？该怎么做？哪些护理机构比较好？父母的医疗需求是什么？他们希望的东西是什么？他们害怕的东西又是什么？瑞米的母亲善于交际，喜欢玩桥牌，应该能够适应互相协助的生活环境。但是我的父母，一直住在他们的花园里，生活简单朴素，不会轻易改变，如果生活在医疗机构那种地方，他们定会感到痛苦。

通常来说，外面的世界并不适合年老的父母，这就是为什么我常常会认为我的妹妹史黛西会是那个在父母的人生晚年照顾他们的人。可是，我的妹妹，我唯一亲如手足的妹妹史黛西，八年前死于癌症。"这样，"瑞米说道，"我们用不着今天就把这些问题完全想明白，我们有的是时间，大家都还很健康。现在就让我们尽情享受眼下的美好时光吧。"于是，我就忍住恐惧和疑惑，享受着此情此景，也相信自己有时间。但愿我真有那个时间。

———————

尽管我们并没有一直生活在旅行的途中，但是某种程度上那种简单又独立的生活方式一直在召唤着我们。我和瑞米第一次见面时，就发现彼此都在十四个不同的国家生活过，我们称这是一种生命的同步性。终于在同一天的同一个时间，我们来到了同一个地方。

我是一个自学成才的建筑师，开着老式的福特小卡车去全国各地建造房子；那时候的瑞米是一个不收取费用的顾问，为了满足自己的旅游癖好，她就在度假胜地的大型游轮上工作。我们俩都在早些年就失去了亲人，我们倾诉了各自的忧伤，我们意识到各自都在寻求生命的意义，而不是为了薪酬活着。我们渴望远离大多数人走过的路，我们向往没有物质和经济负担的生活，甚至是没有家庭需求的生活。我们都渴望简单明晰的人生。

那天，瑞米的妹妹桑迪从马里兰州给我们打电话，说她要送给我们一辆旧的清风房车，我们的生活由此永远地改变了。我们所在的科罗拉多州离马里兰州差不多有两千英里远，那时候我们还没有一辆房车，但对房车特别感兴趣，于是我们开着一辆借来的雪佛兰小卡车去东部看我们珍贵的礼物。我已经四十五岁了，和瑞米都厌烦了野营的帐篷，厌倦了睡在地上，我们期望舒适地躺在有轮子的床上。而这个梦想实现了，只是我们还不知道。

房车虽然是旧的，但里面的装饰却是崭新的，有一个小小的厨房和一个多功能卫生间。我抚摸着它那受雨打日晒的铝制面，在七月的太阳照射下，感觉到热烘烘的。它那具有标志性的车身曲线唤起了我的一种预感，"这一定会很棒的！"我告诉瑞米。后来我们试驾着这辆房车回科罗拉多州，而那一天最重要的决定便是选择在哪里停车和度过那个夜晚。我们感觉自己一下子拓展到了一个崭新的自由领域。

我们刚一回来，瑞米就用她深爱的敞篷车换了一辆带拖链的闪亮的红色轻型小货车。从此，我们便踏上了寻找新生活的道路。

一有机会，我们便驾着小卡车出发。随着工作之余的休息时间越来越多，我们的旅途变得越来越长。

我们是在经过一次糟糕的冬日旅行后，才决定在那些昼短夜长的漫长岁月里，要去暖和点的地方旅行的。有一次在密歇根州北部，我们在一位老渔夫的小屋里将就着住下，小屋不保暖，只适合夏天住一住而已。小屋的屋顶只盖了一层木板，不管我们往生锈的旧炉中塞多少木块，室内的温度在几小时内依旧会下降。晚上，我们两人和一只一百一十磅重的德国牧羊犬睡在一张床上冻得瑟瑟发抖。我开始怀念自己在 20 世纪 90 年代野营过的几个阳光明媚的美丽海滩，自那儿以后，我们就决定冬天住在墨西哥的巴哈半岛。

在巴哈半岛的第一个季节，我们学到了很多关于野营车不依赖输电网的生活技巧。我们依靠一小块太阳能电池板给蓄电池充电，同时为了保证有电能使用，我们尽量克制不要将电能消耗得太快。像安培、瓦特以及其他一些电力术语，它们一下子就跟我们的生活息息相关了。夜晚，每当灯光开始逐渐变暗时，我们能切实感受到电力枯竭时的无助。

节约用水也变得非常重要，因为我们需要花半个小时去北边的一个小渔村取淡水。这里没有排污系统，我们只能自己动手在海滩上挖出一个坑当厕所用。洗澡就用一个呼啦圈和一块浴帘，搭在开着的车门上，临时建起一个户外棚子，在里面借助太阳能热水来洗澡。

尽管这个地方缺乏便利的生活设施，但仍像一块磁石吸引着来自世界各地的一大群旅游爱好者。比如加里、珍妮，还有那些来自爱达荷州旱地，每一次独立日都赞助竞技表演的农场主。加里站在沙滩上，穿着牛仔裤，始终戴着他那顶阔边高顶的"斯泰森"牌帽子；珍妮是一位经营着大牧场的干练女性，她会收拾鱼，会开卡车，还会用一口荷兰锅在篝火上做出美味的樱桃派。还有一个家伙叫"圣诞韦恩"，他在英国、哥伦比亚、加拿大被投票选为"一号圣诞老人"。出于这个特殊原因，他在圣诞节后才来到海滩上。还有，怎么能把国际上有趣的障碍跳跃马术表演者和他出生于荷兰的驯马师妻子忘了呢？他们是佩德罗和珍妮特，因为佩德罗总是住在海滩上，所以他一直保留着恣意张扬的风格。那些年复一年的回头客，主要是加拿大人和来自美国西北太平洋沿岸的旅行者，他们不仅是为了逃离家乡的寒冷冬天，更是在寻求一种简单的生活，一种不是"为了生活你得做什么"，而是"你对生活懂了多少"的生活。

我们在海滩上的日子常常是从每天早起划桨来到离岸一英里附近的小岛上开始。我们会漂荡在海面上，在安静的晨光里，悠闲地等着太阳从形成海湾的小岛上升起之后才回到岸上。早餐常常是就地采摘的草莓，在草莓上涂抹一层酸奶，吃完早餐，我们就开始每日三英里的集体徒步。我们走出海湾，爬上小山，顺着刮风的荒野小道回到海边。在回房车的路上，我们一路闲聊着，决定接下来该做些什么，比如再次划桨、游泳、远足或者去看望新老朋友。

这里的每个人都会避开谈论政治、宗教以及来自外面世界的新闻，哪怕那些新闻是四五个月之前的旧闻。我们和这些志同道合的海边居民交流着。我和瑞米都发现我们很难去维系曾经生活过的城镇或地区的许多友谊，但这里不一样。这里没有交通，没有新闻，没有户外的时钟，人们可以只跟大地、跟彼此、跟他们自己交流。我们能感觉自身实实在在存在着。

来这儿的三个冬天里，我们有两个冬天是在距离巴哈半岛新月形沙滩半英里的湖边小屋里度过的。后来我们卖掉湖边的小屋，换了一辆更大的房车，在佛罗里达州度过第三个冬天。这时候瑞米也获得了学校心理学的研究生学位。因为瑞米要实习，我们就去了科罗拉多州，最后在亚利桑那州的普雷斯科特停了下来。在找到新的房子之前，我们一直住在房车里。

这辆大房车的用途可不仅仅是用来居住的，我们想要去旅行，去探索，去和大自然进一步接触。我们意识到自己待在房车里的时间变多了——因为拖着这个庞然大物行走很费力。意识到这个问题后，我和瑞米决定改用更小一点的清风斑比房车，这样出行就方便多了。我们经常选择在"淡季"时旅行几个月，那时候国家公园和其他旅游景点也没有那么拥挤。慢慢地，我们的旅行路线变得越来越长——要花费整个夏天，六个月左右，甚至更长。

在亚利桑那州的那所房子大部分时间都是空的，因为我们经常离开。瑞米工作的时候，我们会利用学校的假期旅行，到西南部去探索大峡谷北缘、死亡谷、布莱斯和锡安国家公园。夏天我们会去探望在北卡罗来纳田纳西的朋友，还有就是去南马里兰州拜访桑迪，这一切都是由她送房车给我们开始的。密歇根州北部经常是我们回到东部时的歇脚地。

2011 年，我们有长达一年的假期，于是从东海岸跨越到西海岸，从北部跨越到南部。我们从亚利桑那州离开，一直往北走，穿过内华达大盆地，到达爱达荷州的索图斯山，然后是蒙大拿州的冰河国家公园。之后我们顺着俄勒冈南部海岸线朝南走，接着沿着加利福尼亚州沿海一号公路，到达墨西哥边境。我们在巴哈半岛过完冬，开始朝东走，穿过南部各州，在那里度过春天和夏天。在回亚利桑那州之前，我们一路往北到达缅因州。

我们喜欢赶在气温回升、人群蜂拥而至之前，把我们的小斑比房车停在犹他州拱门国家公园的巨石边，然后早早地去远足旅行。或者把房车停在加利福尼亚北部幽静的红杉树林里，在千年树冠下，在更为古老的漫天星辰下睡觉。

我们在熟悉的停靠站广交朋友，拜访在巴哈半岛结交的朋友。在加利福尼亚的埃弗里，我们把房车停在爱之溪旁边的峡谷平坦处，住在约翰和洛里建在内华达州山脉高地上的房子里。有一年，我们到达那里恰逢苹果丰收的季节，就卷起袖子，帮着他们加工了两百多磅的苹果，用重型铁铸研磨机和板条式的硬木压缩的老办法，把苹果压榨过滤成香甜的果汁，最后再装进一个个瓶子里。

有一年复活节，我们待在亚利桑那州普雷斯科特的朋友凯斯的养马场里，这个养马场有三十八英亩大。惊喜的是，我们刚好赶上他那匹出色的种马"摩根"的发情期。记得那天是复活节，一大早凯斯就走进我们房车里寻求帮忙，到那里才知道他要我们帮忙制作一个人工膣并保障合适的温度。

很荣幸能成为如此能干的多面手，一路下来，我们对自己对他人都变得更加宽容，当然我们也没有别的选择。比如，按照合适的停靠点精心计划的行程中，GPS 会导错地方，或者途经某个小镇时恰好遇到游行或者马拉松竞赛，或者遇到道路施工之类的，这些都要求我们能够心胸开阔、心平气和地去应对。另外，家里也免不了总有一些事情让我们牵挂，我们会从另一个角度去考虑问题，寻求解决某些特定问题的方法。我还没告诉你，我们还遇到过狼崽、驼鹿、熊、迁徙的蝴蝶，甚至还见过一个女人穿着高跟鞋在野营地遛她的宠物猪，她身上的毛衣还跟她的宠物猪是情侣装呢。不论在哪个季节，无论你如何精心规划，旅行途中都会遇到各种意料之外的事，旅行也能教会你如何应对这一切。

当然旅行也会让我们感到疲惫，但这是值得的。当我们的计划被打乱了，只好接受荒唐的现实的时候，意味着其他事情发生时我们必须有思想准备。比如，我们曾被离卧室窗户几步之遥的大麻哈鱼产卵的声音吵醒；有时候半夜划船上岸，虽然不是七月四日的焰火节，我们也会感到特别亢奋；有时候仅仅为了在美国西部广袤的湛蓝天空下感受一下人类的卑微和渺小，也不得不改变旅行计划。这些顺其自然的率性让我们像孩子般任性和激动，瑞米调皮地站在堆满商品的购物车的后杠上，我推着她穿过停车场，回到我们的小卡车旁。她的笑声里释放着纯真的喜悦。

旅行路上的生活很简单，很自由，就像是解决我和瑞米对现代生活焦虑的解药。我们拥有的越少，我们欠下的就越少，我们担心的也越少。醒来和睡觉不由闹钟，完全听从日出和日落。还有适合我们生活节奏的远足、玩耍、阅读和吃饭等，这就是我们旅行生活的美好所在。

我们就像风中飘摇的芦苇，轻装上路，简单生活，心中牵挂着巴哈半岛。一辆意料之外的小房车拯救了我们。或者确切地说，它教会了我们如何真正地生活：眼界开阔和心胸宽广地去接受生活所赐予的东西。

———————

我一直想跟父母谈谈他们的愿望，我和瑞米有十五次机会，这是瑞米这些年来陪我回父母在密歇根乡下老家的次数。她和我回去的第一年，我的妈妈和爸爸都七十多岁了，也许那时候跟他们谈这个话题为时尚早，也就没有进行这方面的沟通。说实话，那时候我们也没有想过这个问题，毕竟那时候他们仍然充满活力，能自己照顾自己。但当他们慢慢老到八十多岁时，我才注意到他们的行动变得迟缓了，妈妈已经不能从楼梯走到地下室去，所以现在都换成了爸爸负责洗衣服，连烹饪健康的食物也成了她的一大难题。而对于爸爸来说，就连穿过街道从邮箱里取回邮件都变成了一项繁重的体力活儿。但他们依旧顽强而乐观地生活着。

每一年中的某一个星期，我们都会尽最大的努力去看望他们，帮助他们做一些事情。我负责修理家里搁置的一些东西，瑞米则会帮忙整理院子。我撤掉脱落的地毯，安装上检测烟雾或二氧化碳的机器，还在走道上安装了扶手。我们从地下室抬上来立式冰柜，然后把做的一整年的食物冷藏在里面。我几乎做了所有事情，却没有跟他们谈那个话题。

"我们没必要今天就想明白这些事，"瑞米跟我说，"我们还有时间。"

我深深吸了一口气，陷入一片无尽的沉默中，我把注意力重新拉回一群在我身边嬉戏的海豚身上，看着它们在我的船桨下游来游去。

我们留在巴哈半岛的时间越来越短了，离开的日子就在眼前。一些人已经收好行装，继续前行。那些不习惯说再见的人经常独自悄悄地开车离开。还有些人像听到了佩德罗的号角似的，一个接一个如列队般离开了……野营地里每个人都不同，每个人离开的方式也是独特的。

在短暂的几周后，我和瑞米也开始收拾行李。我们用盐水将海滩上的工具冲洗干净，把它们吊在车顶架上，然后捆绑起来。再把吊床从草棚里拆下来，叠好放进包里。房车是无论如何都要拖回去的，我们把车子里的沙子清扫干净，然后把它拖走了。

沿着墨西哥的一号公路向北爬上半岛山地，穿过巴哈半岛的酒乡，直抵美国边境再穿过特卡特。我们再次开始每年五千英里轰隆隆的旅行，向东部前进，去看望家人和朋友，然后再一路开到终点密歇根州看望我的爸爸和妈妈。尽管对于如何关心老去的父母这个问题还没有成熟的想法，但我们已经开始思考了。

第 一 章

优先

密歇根州·普雷斯克艾尔
六月

[瑞米]

生命是脆弱的，人们都这么说。但事实上大多数时间里，我们都没有真正用心去体会这句话。我们总是想当然地看待身边的人，忽视他们的痛苦，没有说出我们应该说的话，就这样一直拖延着。蒂米和我一直拖延的是：和他的父母谈谈老年化问题，特别是谈谈他们想要如何度过他们的余生。为什么这个话题很难说出口呢？为什么我们总是临阵退缩呢？为什么我们想要问的问题总是哽在喉咙里？当那一刻真正来临时，我们能做些什么？我们只能无助地面对他们的死亡和我们的死亡吗？有什么办法能够让我们在面对死亡时有不同的选择吗？

每年我们都开车去探望公公和婆婆，但是谈论这样的话题需要很大的决心。今年我们终于下定决心要提出这个话题了，可是每次刚要谈及这个话题时，总是被这样那样的事情给岔开。

诺玛，是我丈夫蒂米的母亲，她非常欢迎我们的到来，每次都会为我们烤各式各样的饼干。蒂米的父亲雷欧，他经常帮我丈夫停车。但这次我们拖着房车回来在马路南边停车时，他们谁也没有从小砖房里出来。

我们不需要说出来，但都很担心。

我们快步登上台阶，打开侧门，穿过杂物室，来到厨房。有东西烤煳了。

不对劲，非常非常不对劲。

"妈妈？爸爸？"

没有人应答。

蒂米关掉烤箱，没有看里面在烤什么东西。

一面挂钟敲响了，敲的时间并不准，接着又有其他钟开始敲响。雷欧有很多时钟，但这些时钟显示的时间都不准确。雷欧每个星期日都会精心地给祖父留下来的时钟上发条，但现在它们不动了。客厅里的电视播放着全国汽车比赛协会的赛车节目，发出很大的响声，但是雷欧和诺玛并没有坐在他们经常坐的椅子上看电视。我们穿过走廊，来到后院。

这时候我们才看到他们。

第一眼看上去，他们好像没什么问题。马上，我们就看到雷欧弯着背，手搭在诺玛的肩膀上，整张脸因为疼痛而扭曲着。我瘦小的婆婆费力地支撑着他，用左手撑着拐杖来保持平衡。

他们一寸一寸地走向我们。每走一步，他都疼得大叫，却没有喊我们帮忙。

我们立即冲上前，蒂米挽住雷欧的胳膊，我挽住诺玛的胳膊。

"妈妈，发生了什么事？"

"爸爸，告诉我发生了什么？"

"什么时候变成这样的？"

"小心地毯！抬起脚来。"

"抓牢我。"

"爸爸，我抓住了。"

"一切都会好的。"

"让我把你扶在椅子上。"

雷欧龇牙咧嘴地呻吟着，我们连扶带拖地把他送回到客厅里。我扶诺玛坐到了椅子上，但是扶雷欧坐上椅子可是费了好一番工夫。又一面时钟不准时地敲响了。电视机继续隆隆地响着，我抓起遥控器，琢磨着它，我不懂如何用它。静音键在哪里呢？折腾了好一阵子，电视机终于安静了下来。

平常雷欧是一个乐观快乐的人，但是现在他的脸都疼得扭曲了。他皱着眉头呻吟着，有时候会哭出来。我们拿药给他吃、帮他调整位置，都没办法帮他缓解这折磨人的疼痛。蒂米和诺玛去了厨房，在里面小声地说着话。我留在雷欧身边，想方设法让他舒服些。

雷欧抬头看着我说："情况简直糟透了。"

在认识他的这几年里，他从来没有在我面前说过这种话。这句话告诉了我所有需要知道的一切。

蒂米打开烤箱。托盘上的铝箔纸上是一小块未调味的鸡肉和两个干瘪的土豆。我们不由得感到吃惊：这就是他们的晚餐？

我瞬间感觉到一阵焦虑，糟糕的事情不是结束了，而是一切才刚刚开始。

———————

几个月前，我们还在墨西哥过冬。每天最重要的决定是要去划桨，还是乘皮艇，还是游泳，或者这三样都做。太阳每天晒得我们暖洋洋的，也晒黑了我们的皮肤。热心的同伴、壮观的景色、新鲜的海产品和墨西哥音乐合起来，让每一件事都很完美。

在那个春天，我们离开墨西哥后，经过加利福尼亚回到家乡，之后往东到达田纳西州，常常待在配备了许多餐馆的停车场或者沃尔玛商场的停车场。一路上，我们会经常打电话给诺玛和雷欧问问他们的情况，他们从来没有提到过需要任何帮助，我们也不追问。因为蒂米坚信，没有消息是最好的消息。

最后，我们到达北卡罗来纳州，和朋友待在三十五英亩的美丽农场里。这里有漂亮的花园、牧场和许多谷仓。在那里我发了几天的高烧，我感觉很糟糕，但尽量不让自己沉浸在病痛的困扰中。所以当别人都在一起玩的时候，我就静静地待在床上看书。

农场上的几间外屋改建成了图书室，图书室里的书架从地板排到了天花板，有数千本书可供挑选。我病得没办法离开小宾馆，所以就慢悠悠地浏览着那里的所有书架，却没有找到一本感兴趣的书。之后在靠近大厅古董桌子旁的一小摞书里，有一本书的题目吸引了我——《最后的告别》，这是一本由阿图·葛文德写的关于临终医疗的批判性著作。那一刻我感觉自己像是要死了，所以便将它从一摞书的中间抽出来，带回床上去。

几天后，我差不多读完这本书了，虽然身体并没有感觉好转，但我知道我的生活已经改变了。我刚好读了一本很重要的书，让自己对生命尽头的看法彻彻底底地改变了。在以前谈及我母亲和蒂米父母的需求时，我总是像鸵鸟一样把头埋进沙中逃避现实，但现在我知道是时候开始这艰难的谈话了。

我们从农场起程前往北卡罗来纳州的外滩。当蒂米的电话响起来时，我们正在等从奥克拉科克去往哈特拉斯角的船。雷欧告诉我们，蒂米的舅舅——他是雷欧最好的朋友，诺玛唯一还活在世上的兄弟——在九十一岁的时候去世了。

那天，雷欧的声音听起来很响亮，但在几个星期后的父亲节，当我们和他说话时，他的声音却有点微弱。

"我们得回去了，"蒂米满脸痛苦地说道，"我的父亲出了点状况。"

我现在回想起来，感觉非常震惊：在那通电话之前的几个月，我们太大意太武断了。我们的计划里很少顾及疾病和老去这些问题。可是不管你是否做好准备来面对这些难以避免的问题，它们总是随时都可能出现。

我们从来没有把房车从小卡车上拆下来过。我们的房车在停

车道上停了三天之后，雷欧因器官衰竭，以胎儿的姿势侧躺在医院的病床上。他看起来很不舒服，很孤单。诺玛比之前更加憔悴，她安静地窝在雷欧床边的椅子上，显得很矮小。

蒂米挪到他父亲的床边，用汤匙给他喂食。我递给他一块湿毛巾，他轻轻地一遍又一遍地擦拭雷欧的额头。蒂米对父亲说："没事的，我会照顾好母亲。我爱你，一切都会好起来的。"

蒂米休息时，就换我坐在雷欧的床边，我们就这么轮换着来。这时，诺玛轻声对我说："你可以扶我下楼吗？我有个预约，要做一项体检。"

我并不知道她要检查什么。坐电梯下楼时，她提到自己小便中有些带血。我怀疑不只是这样，因为我注意到她挎包里的卫生护垫。很明显她正在流着血，但是诺玛几十年前便绝经了，根本用不着卫生护垫的。我在候诊室等着她做完检查，一起回到雷欧的病房里。诺玛没有提及检查这件事。在那一刻，我们关注的所有焦点是雷欧，所以蒂米和我并没有询问她太多。

没过两天，我们接到通知：诺玛需要进一步复查，还要做一次膣道超声波。丈夫在离她几层楼的病房里生命垂危，而她躺在纸铺的手术台上，医生正往她身体里插入超声波棒。她的整个身体向里面蜷缩着，她很瘦小，也感到很难堪。我站在医生边上，看着屏幕上一圈又一圈旋转着的东西——一大块东西看起来不应该在诺玛的子宫里面。"简直无法相信……"我在心底咕哝着。现在，雷欧生命垂危，而从我在屏幕上看到的东西来判断，诺玛似乎长了一颗肿瘤。

在告诉蒂米这一切之前，我深吸了一口气。

雷欧很快就被转移到一所当地疗养院的临终关怀室。两天后的某一天，我们在他的床边坐了六个小时，疲惫的诺玛坚持认为上帝仍在庇佑他，让他能够活下去。"我们现在可以离开了。"她说道。我们离开的时候，都认为这个温暖的七月会是雷欧度过的最后一个月。我们一回到家，便接到疗养院打来的电话，告诉我们雷欧在下午五点五十分去世了。那一刻，船形钟又开始敲钟了，这个船形钟是史黛西送给雷欧的礼物。

我们处理完雷欧的后事。在离拉尔夫舅舅墓地几步远的土地上，把雷欧的骨灰坛埋在史黛西的旁边，那里是乡镇公墓的家族地。

虽然还没有确认，但现在我和蒂米心里都知道诺玛很可能患上了癌症。我们躺在房车里的床上，商议着如何应对。我们都不希望看到诺玛跟雷欧一样的结果，都担心如果让诺玛住进疗养院会发生什么。她喜欢待在户外，怎么会忍受待在一个关着前门、出入需要输密码的房间里呢？腼腆的她怎么能和一个陌生人共用一个房间呢？我们看到许多这样的疗养院，都提供着一成不变的食物。这没办法确保她过上已经习惯了的富有品质的生活，也不能保证她的私人空间和她所熟悉的东西存在。直觉告诉我们，诺玛不仅仅需要自由，更应该得到自由，得到自主权和尊严。而对于我们来说，疗养院就是这些价值的反面。

一天下来，如果诺玛想在休息时喝一瓶啤酒或者一杯葡萄酒，我们就会让她享受这样的乐趣。不管她出于什么原因想要离开房间，我们也认为她可以这样做。如果她想要吃早餐或者光着脚在草地上行走，那就让她走吧，我们只想她能够再次微笑。

我俩面面相觑后同时说道："咱们需要问问她是否愿意跟我们走。"

我们没有想好，如果她说"愿意"时，我们该做什么。

第二天，我们三个坐在厨房的桌子边。

"诺玛，检查做完了，还不知道医生怎么说，"我说道，"但是我在想，现在雷欧去世了，你以后有什么打算呢？"

"我不知道做什么，"她说道，每个字的声音听起来都很虚弱，"但我知道自己没办法在这里独自生活了。"

蒂米插了句话："这样吧，我和瑞米已经讨论过这件事了。如果你自己待在这里，即便有人帮着你，我们也不放心。我们在找房子，可以带上你一起。也许在这里，也许是在宾夕法尼亚州，就是瑞米母亲住的那个地方。"

"或者，我们在想，"他继续说，"如果你想和我们一起生活在房车里，我们可以去弄一辆更大一点的房车。"

"和我们一起生活听起来或许很疯狂，"我插话道，"但是比起让你自己在疗养院里度过余生来说，这并不疯狂。如果你愿意的话，我们可以带你去你想去的任何地方。"

我们告诉她不用马上回复。"你先考虑考虑。"我们说道。

我们不再多说，继续吃着火腿沙拉三明治。之后开口说话的是诺玛，她轻声说道："我想我愿意和你们一起去旅游。"

第二天，我们和一位妇产科医生，以及他的实习生，挤在一个狭小的检查室里。在雷欧去世的这两天里，我们一遍遍地找医生，一遍遍地做检查。妇产科医生是我们最不想见到的人。

一位三十多岁的英俊男医生跟我们说着一些我们已经知道的事情：诺玛的子宫里有一个癌性肿块。他坐在高高的检查台上，低头看着诺玛，最后说了一些以后要做的事情："所以我们现在安排你做子宫切除手术，然后是术后放射化疗。你会在康复中心恢复，很可能需要几个月才能好。"

尽管他没有给诺玛其他选择，但最后还是问了她的想法。她闭上眼睛，尽自己所能坚定地说："我已经九十岁了，我该准备起程旅行了。"

医生对这个正当的理由表现出疑惑。蒂米向他解释，我们住在停在路边的房车里，只要诺玛感兴趣，只要她的身体条件允许，我们打算带她一起去旅行。

医生的神态马上变得不一样了，他瞬间瞪大了双眼。那个实习生看起来更加惊讶——她并没有想到会从这位瘦小的老妇人口中听到这样的回答。

"我们很不负责任吗？"蒂米问道，"这个办法对于我们来说似乎完全是正常的，因为我们总不按规矩生活。你怎么想呢？"

"不，"医生说道，"这并不是不负责任。在她这个年龄，不一定能够在这次手术中活下来。如果手术成功了，她也要在重症监护病房里一直与令人难受的药物副作用抗争。作为医生，我们每天都看到这种治疗的另一面。如果是我，我会选择住在房车里。"

"好极了。"我和蒂米同时说道。

为了能够实现带上诺玛一起旅行的承诺，我们还有很多事要做。我们不知道能坚持多久，甚至不知道会去哪里。

第二章

探索

密歇根州北部
四月

[蒂米]

　　父亲去世后的一个月里，我们在悲痛中规划着以后的生活，就像精心准备一次完整的会议。他的去世让我们每天都过得很漫长，就像丢了什么似的。加上母亲最后的诊断出来了，让我们觉得自己正在消耗时光。在我的父亲去世前，我跟他说了所有我想要说的和需要说的事了吗？他感受到我对他的爱和感激了吗？我的父亲去世了，母亲也将不久于人世。在几年来每次回家的探望和时不时打电话维系的这段感情下，我们三人现在突然要在房车上一起生活了。

　　"我想我愿意和你们一起去旅游。"母亲曾经说过，这很纯粹。转眼间，我们就已经开始计划跟体弱悲伤的母亲一起去旅行，她也知道我们的生活将会彻底被改变。

　　我五十七岁了。自从四十二岁至今十五年来，不管是否旅行在路上，我都会避开人群快乐地生活着，这就是我和瑞米的生活，最近又加上我们的爱犬林果。现在我又要成为一位护理员了，一个移动护理房的护理员。

悲痛就像一片厚重的乌云笼罩着我们。当我无法承受这种感觉时，会独自躺在房车的木板上，手臂绕着林果柔软的浓毛，哭泣到疲惫感淹没我的伤痛，然后才能睡着。房车仍停在我父母的车道上，我们没有向彼此流露悲痛与恐惧，没有坐在餐桌边回忆，而是开始打包行李。

我们计划和母亲一起旅行一年，在这之后怎么做再做考虑吧。实际上，我们并不相信她会活过这一年，但是我们希望通过设定一个目标，能够增强她继续生存的欲望。在离开前五个星期里，我们有太多东西要买，太多事情要准备。母亲需要帮助才能到处走，所以我们从网上零售店买了一把应用人体工程学理论制作的轻便轮椅。我们在帮助母亲收拾行李的同时，还需要解决父亲的遗产问题。但是，当务之急是制定出一个对每个人都有用的预算。

因为瑞米和我多年来一直节俭生活，没有债务缠身，也放弃了拥有孩子的想法，所以我们能够早点儿退休的。我们经常开着老式的车子，路上基本上没有乱花钱。即便是旅行，我们也经常待在没有电力供应的低廉野营地，或者会宿营在连锁的停车场和公共地段。我们会从每年的薪水中拿出一小部分作为投资，然后花掉这笔钱。在预算上，考虑到我们自己的开支和母亲的饮食，即便是现在带上我的母亲，我们仍有足够的钱来继续旅行。至于母亲需要有额外令她舒适的东西，比如一些有电力供应的优良野营地，一个更舒服的生活环境和偶尔去外面吃饭的费用。那些我们平时并不考虑在内的东西，我们会拿出母亲的社会保险金和父亲留下的小部分退休金进行补充。

我们研究了一下家庭护理支出的费用，在靠近母亲家的地方，一间共用房每个月需要八千四百美元，也就是一天二百八十美元，而我们带着母亲一起旅行的成本远远达不到这个数。我们意识到，如果母亲不在疗养院生活，实际上是给我们省下了一部分父亲的遗产。跟不能退款的十二万美元的高额疗养费用相比，我们现在投资到房车中的费用划算极了，毕竟在我们旅程结束时，还可以卖掉房车把部分钱再拿回来。

我们暂时还没有卖掉现有的房车，但是可以肯定的是这辆房车不适合让我们带着母亲一起去旅行。接下来的任务就是去寻找一辆合适的房车了。在沃尔玛停车场，时不时地可以淋浴，有依赖于太阳能的阅读灯照明，这些让我和瑞米都感到很有趣，但是我们知道母亲需要一些更舒适的东西。

厨房的老橡树桌上摆着火腿沙拉三明治。为了顺利旅行，我们三人坐在桌前讨论着每个人在房车里需要的东西。为母亲准备一张舒服的椅子写在清单的第一项里，然后是两间私人卧室，浴室在车的中间，这样我们用浴室就不需要穿过别人的房间。"我们怎么洗衣服呢？"母亲问道。然后我在清单里补充了洗衣机和甩干机。

"地板要平坦，这样诺玛才能在车里走动。"瑞米提出建议，她趴在电脑跟前搜索着网页。不考虑 L 形的沙发布局、小的门道和岛式厨房。我们都不同意电视机成为关注的焦点，也觉得不需要一个壁炉。对我们来说，每个细节都很重要，隐私和合适的公共空间是现在主要的问题。

后来我们想到了：一辆房车内布局图可以包括一个大浴缸、一台洗衣机或甩干机组合，以及一把南风牌弗利特伍德车上的那种欧式椅子。

我们在网上搜索每一处卖二手房车的名单，寻找一辆在我们预算范围内的南风牌房车。全国有九个地方在卖这种房车，我们一个一个筛选，有些地方太远了，有些地方卖得太贵了，还有些地方的房车里程数太高了，只有一个地方的房车刚好适合我们，它在纽约北部，距离母亲的家大概有九百英里远，这很理想。还没看到车子，我们就付了一大笔定金。

好吧，除了一个问题其他都很好了：我原本计划开着父亲的爱国者吉普车去纽约，把这辆房车拖回密歇根，但是现在不行了。因为爱国者吉普车的变速器有问题，拖不了这辆房车。很显然，现在我们还需要一辆新轿车，一辆适合我们使用的车型是牧马人的吉普车。

当搜索陷入困境时，瑞米发现一个在密歇根州希博伊根的吉普车经销商。销售经理伦尼的停车场里有两辆吉普车可以用，但他提醒我们说其中一辆车的售后装饰高档，费用高达三万美元。实际上，在他的停车场里，我们只剩下了一个选择。不管怎样，我们决定去试驾九十分钟。

在七月阳光灿烂的一天，我和瑞米开着史黛西几年前送给父亲的礼物——丰田MR2去跟经销商谈判。瑞米坐在我身边的桶状椅子上，系着安全带。汽车沿双车道公路向北行驶时，她盯着车头顶上的一簇簇白云出神。"畅通无阻的旅程让你快睡着了吧？"我问她。

"没有。"她回答。自从我们到我父母家后，这是她第一次表现出轻松的感觉。

"那你在做什么呢？"我问道。

"在跟史黛西说话。"她实事求是地回答道。

在寻找一辆新的房车和拖车的同时，我们也在努力地从佛罗里达寻找一个理想的地方来过冬。尽管现在只是七月，但我们联系的每一个房车停放地都被预订了，就好像阳光之州（佛罗里达）已经给该季节张贴了一张"无空位"的公告。

"我让她给我们在佛罗里达找一个好的野营地，好让我们自由地把车子开进去。"她补充道。

三十分钟后，我们在经销商精美的玻璃陈列室前和伦尼见面了——这是一个比母亲体形大不了多少的瘦小男人。他微笑着，脚步轻盈地向我们走来。"瑞米！"他说道，"你肯定不敢相信！半小时前，一辆新的四门牧马人吉普车开始销售了，我没想到它会出现，我想这就是你在寻找的。"

他说对了一半：这辆车很棒，我们也确实相信了，它能提供的东西比我们预期的还多。或许在那一刻我们感觉到自己很了不起。我们正在做一件不可思议的事情，没有人能相信，无论是医生还是汽车销售员，他们简直不敢相信。但是我们自己坚信，这个荒谬的计划确实可行。

但是母亲能爬得上这辆吉普车坐到后座上去吗？几天后，瑞米和我长途跋涉到希博伊根，这次是载着母亲和林果。

"哇！这就是我们要买的房车吗？非常棒。"我无意中听到母亲对瑞米轻声说的话。她对这辆房车的兴奋让我大笑。比起在东北部密歇根停车场和车道上常见的棕色别克车来说，这辆车看起来更适合陆路旅行。

但很快证明母亲没有一双长而有力的腿爬到车上去。伦尼四处寻找着脚凳，之后母亲很快高坐在后座上，和她的朋友林果靠在一起。

伦尼兴奋地问："怎么样？"

平常沉默寡言和内敛的母亲，这时风趣地说："伦尼，我要告诉你一件事，这是一辆很棒的车子，只有两个问题。"母亲的表现惊讶到了我们。

伦尼着急做成这单买卖，他焦急地问道："是哪里不好吗？"

"第一，我进不来；第二，我出不去。如果能安装一张脚凳，那你就能做成这单生意了。"

那一天，我们和牧马人吉普车的销售员签了合约，之后，我满怀感激之情前去开这辆新房车。

———

我深深吸了一口气，站起来拉伸身体。在八月炎热的天气里有几天不那么热，今天刚好是凉爽的一天，微风习习。我在房屋后面走来走去，随后来到母亲的花园里，因为最近我们没有时间打理，现在整个花园已经呈现出一片荒芜的景象。浓密的杂草漫过膝盖，高高的番茄枝被杂草肆意缠绕着，番茄已经熟了，却没人采摘。我一个上午都待在父母那间带着中西部特色的地下室里整理东西，房间里散发着一股淡淡的霉味，好像要渗透到我骨头里似的，即便我来到室外，也觉得衣服上沾满了这种霉味。

回到屋子里，我发现父亲的大多数文件都井然有序地存放在一个空房间的木柜里。厚厚的文件夹把物主的手册和单据完好地保存着，没有被流逝的光阴老化。

我知道父亲是个做事严谨的人，所以他的资料都分门别类地整理得井井有条。我从来没有看到过父母争吵或者哭泣，也从来没看到过他们欣喜若狂。就像我们从不谈及健康问题，也从不谈及金钱问题。

一天，我浏览着父母的财务文件，一张纸飞到了地板上。我弯腰捡起来，发现是个外地的热气球广告。我打开冰箱拿冷饮时，又发现冰箱的磁铁上挂着另一张热气球广告。"你父亲一直梦想着去乘坐热气球，"当我询问母亲这些东西时，她坦白了，"但是他从来没去做。"我感到很沮丧，也有点惊讶。父亲想要去做这件事，这件大胆而冒险的事情？我不敢相信。

我究竟有多了解自己的父母呢？就像大多数子女一样，我可以很详细地描述我的父母。我们很容易看懂他们的生活，所以我和瑞米开玩笑说，即便离他们几英里远，我们也知道他们在做什么。他们每天中午都吃夹着午餐肉的三明治和薯条，再加上土茴香泡菜。一点钟，读完当天的邮件之后，他们便在各自的躺椅上休息。晚餐总是在五点半开始。在听过十点钟的新闻广播后，他们就会上床睡觉。

我的父母一起生活了差不多七十年。父亲当家，他经常笑着讲一些蹩脚的笑话。他风趣十足，善于交际，人缘很好；有父亲在场，母亲从不需要讲话。母亲会微笑着，有时因他讲的笑话哈哈大笑，当然，当父亲讲那些无聊的故事时，母亲也会用表情积极配合。在我看来，大多数的时间里，母亲都跟父亲在一起，没有单独跟别人交往过。我猜这是她自己的选择，她更喜欢微笑和观察。

然而，现在充满活力而又腼腆的母亲正在汽车销售店跟伦尼开着玩笑。而此刻就在这房子里，有着我父亲浪漫梦想的蛛丝马迹。是的，我了解我的父母，但是仍然有很多地方我并不清楚。这些年来母亲都没有表现出勇敢吗？父亲没有带她去过一些地方吗？母亲怀念我的妹妹史黛西什么呢？怀念父亲什么呢？

我渴望寻求答案，以此来突破生活中所有我知道的和父母间隔阂的平静表象。我在想，我们还有时间吗？

瑞米帮着母亲收拾行李，而我准备着房车的一些必备品。母亲把行李收拾进她的两个口袋，里面有一件褪色的红色套衫，是多年前从乡下湖畔度假村路边的一间法尔塞德旅馆买来的。

"为什么她带这件旧衣服呢？"我问瑞米，"她知道空间有限吧？"

"这是她过往的一件纪念物，"瑞米回答道，"一段悲伤的过往。"

瑞米是对的。她和我都习惯于打包那些轻便和计划中的小件物品。我能感觉到这次旅程会很不同。

　　收拾行李和未来的计划意味着诺玛将失去某些东西，这让我们无话可说。她不能再住在那间对她和父亲来说意义重大的房子里，也不能继续过着结婚六十七年来的日常生活。她不能再睡在自己的床上，那是一张残留着父亲痕迹的床，也不能抱着留有父亲味道的枕头。就在一个月前，她已经失去了最后一个亲密的弟弟——我的舅舅拉尔夫。她比其他所有的同伴都长命，她是这一代人中活着的最后一个。

　　我的母亲没有流泪。她从小在坚忍而忠诚的德国家庭中成长，有着坚定的信念，度过了大萧条时期。

　　但是因为过度悲伤，她的身体状况更糟糕了，她没有了食欲，体重也正在减轻。在我们看来，母亲的身体似乎正在萎缩，她比之前都安静了。她看起来很困惑，有一次她问我们："我现在该做些什么？"悲伤和疾病正在侵蚀着她，但她没有流泪。

　　加入我们旅程的决定看起来是她热情的体现，她似乎在用一种方式来表达"我的人生还没结束呢；我还有好奇心，我还能玩得开心"。尽管母亲有许多漂亮的衣服，她还是很兴奋地去为这次旅程购置新衣服，我们也因她的热情而受到鼓舞、感到开心。我们问她有没有想要再带些什么。"就要这个，"她说道，"长沙发椅子上的两个绣花枕头。"这也许比起怀念往事更有实用性（因为我们需要这些）。

　　"你想要带父亲和史黛西的照片吗？"我们问她。

"不需要了。"

但我们还是带上了婚礼上照的一张全家照，以免她到时候改变想法。

为了这次旅行，她选择带上了一些图书和拼图，而不是怀旧的物品。事实上，她放进包里的第一件东西是双筒望远镜，好用来观察沿途的大自然风景，然后才是一些图书。我们为她在包里装了一把琴，又塞进一个速写本和她的一些织针物料，还给她准备了一台老式的平板电脑，让她玩纸牌游戏和猜字游戏。多亏了瑞米的耐心教导，她学会了使用平板电脑。

尽管在这里度过了二十八年，母亲并没有因为要离开这栋房子而多愁善感。此刻决定离开它，就像平常离开它那样；我们想要母亲把精力放在新的生活上，而不是剥夺她精力的旧物上。我们排掉水管里的水，甚至没有清理就把它关掉了。我们也不能确定下一年回来的时候，她是否还活着。

瑞米把路线图放在母亲卧室里的摇椅旁，从里屋的书架下拿出史密森旅游指南，母亲有一整套这样的书籍。

"你可以去这个国家的任何地方。"我们告诉她。

"噢……我不知道，似乎都很好，每个地方我都想去。"

我们追问她最想去哪里。

"我总想看看新墨西哥，"有一天她承认了，"我不知道为什么，但我总想去那里。"至少这是一个开始。

与此同时，母亲的身体更脆弱了，体重从之前已经很轻的一百零一磅下降到现在的九十四磅。她总感觉头昏眼花，整个人无精打采的，几乎不说什么话，就像身体的能量已经完全耗尽了，要说的话也说完了。我们现在还受着她的鼓舞，但也能感受到她沉痛的悲伤，以及疾病的侵袭和药物的副作用对她身体和精神所造成的创伤。我们对旅途寄予了很多期望，一有机会我们就会问她问题、听她回答，也许这样做能发现我的母亲到底是个什么样的人。我默默祈祷她能够恢复体力来告诉我们这些。

最后，我们该出发了。在八月一个阳光明媚的早晨，我们把车从车道上开出来，朝北开向双车道公路上。我瞥了瑞米一眼，不需要说任何话，我们彼此都松了一口气。

第三章

发现

中部

八月

[瑞米]

第一天，我们只开了两个小时的车。其实，趁诺玛还活着，能带着她上路就是一种成就了。我们在当地市镇大楼的停车场里将吉普车套在房车后面拉着。开过那座母亲住了将近三十年的房子时，我一直看着她的脸。

她静静地坐在餐桌旁的椅子上，看着前方，从这个位置可以看清楚窗户外所有的东西，看着她和雷欧这些年来辛勤打理的花园，她似乎陷入了沉思。我们没有把诊断出癌症的事情告诉她的任何一位朋友，诺玛不想让朋友们也跟着烦恼，不想看到她们无助的眼神。但此时，当我们开着车上路的时候，她的健康问题却是我们关注的重点。

几分钟前，诺玛和她仅剩的几位老朋友和老邻居们道别。当她挥手告别，看见有朋友哭泣时，诺玛那德国人不轻易流露感情的面孔没有任何情绪变化。离开了其他一切，现在只有我们了。蒂米、林果和我，还有一位体弱多病的老母亲，踏上了这看似漫无目标的旅途。

我忍不住在想，诺玛还能不能再次看到她四季如春的美丽花园？还有那一排排芬芳的薰衣草，它们开花的时候，空气中弥漫着一股法国南部的香味。如果我是一位赌徒，我敢赌她的脑海里也掠过这个想法，虽然她不会谈及。她的手干净地叠放在餐桌上，那忧愁的眼睛流露出过去几个星期的混乱；自从踏上她漫长的人生里的又一段旅程，她一直紧闭着粉红的嘴唇。

我们沿着休伦湖岸朝北前进，我第一次留意遥远的地平线。数英里的湖水在明亮的天空下碧波荡漾，绵绵延延。我突然有了一种全新的感受——毕竟之前开一辆低矮的小车时，是从来没有机会看到道路护堤上高耸着的雪松和白桦树的，而现在我们坐在高高的新房车里，拥有多么辽阔的视野啊！

巨大的前挡风玻璃，是通往世界的窗口，提供给我们宽阔的视野。我突然感觉到，尽管蒂米和我无数次蜿蜒穿越这个国家，但这次将有可能以一种全新的视角去观察它。毕竟，硕大的房车挡风玻璃和一位九十岁还对冒险勇敢说"好"的老妇人提供了难得的视角。

第一天的旅程结束后，我沉浸在看到房车冰箱里冰块的新奇感中，这是之前的房车所没有的奢侈。蒂米和诺玛在吃饭前享受了一杯冰啤酒，我们一起为首次旅行的成功干杯。诺玛第一次在房车里洗澡，第一次用真空马桶，第一次幸福而舒适地睡在她的新床上。

卧室推拉门的另一边，在新空间的我们忍受了很不习惯的一晚。我们要适应新车方向盘、新的厨房洗涤盆，晚上要给小床垫充气，白天还要再收起来。

蒂米和我倾尽一生追求的自由似乎毫发无损，然而就实际情况而言，我们已经失去那种自由了。蒂米哪怕稍微动一下身子，我都会被床垫的动静弄醒，我真不知道怎样解决这个问题。

————————

我们信心满满地准备跨越知名的斜拉桥——麦基诺克大桥，这座"巨无霸"大桥连接密歇根的上下半岛，是休伦湖和密歇根湖交接的地方。

我们原本计划今天穿过这座大桥的，但路旁的树木在大风中摇晃，这可不是一个好兆头。后来，大风预警禁止像我们这样的高耸车辆通过这座著名的大桥。不管我们愿不愿意，我们都被迫留在野营地遥看麦金纳海峡。

突然，下起了寒冷的蒙蒙细雨，虽然是八月下旬，却突然像到了晚秋，我深刻感觉到自己在这个世界上的孤独和无助。以前我和蒂米旅行的时候，总是依赖着对方，一起聊天、玩耍、准备食物，一起照顾爱犬。现在，我们中的一个，不是我就是他，总是要一心想着母亲的需要。

诺玛很容易相处，一开始她就坚决表示她不想成为我们的负担，虽然我们每时每刻都在关心着她舒不舒服。她还在悲痛吗？她无聊了吗？她喝足水了吗？我们该怎样才能让她吃饭？她实在不能再瘦下去了。

在离开诺玛家之前，我还在日程表上为我们接下来的四个月旅程做了详细规划。以前随便问我计划哪个晚上会睡在哪里时，我都能告诉你，但是从昨天开始一直到现在，我们还被困在米尔克里克的野营地里。焦虑之情堆积在我的胸口，我担心得心都提到嗓子眼上了。

过去的几个月发生了太多事情——先是失去亲人的伤痛，接着是制订旅行计划、收拾行李，甚至还为此感到兴奋。带上诺玛一起旅行，这看起来是个好主意，感觉太棒了，太容易了，好像多了一位很方便照顾的旅行同伴，我们也能够像以前一样生活着。但是现在刮起的这阵大风和此刻的等待阻碍了我们下一步的行动，我脚下的路就像坍塌了一样。我坐下来回想着所有事情。

我思考了很多。长期以来，我都觉得自己在这个世上是有用的，我的工作也常常证明这一点：给青少年提建议，参加活动鼓励父亲们更多参与到孩子们的生活中，在当地少年司法中心担任志愿者、在特大洪涝后协调救灾援助工作，为无数的非营利组织筹集资金。现在在这潮湿的野营地里等待，我却不禁害怕起来。难道我们只是开着车到处乱逛，烧光汽油来带诺玛观光吗？我是否丢失了自己本身的某些东西，成为一名毫无思想准备的全职护理者呢？我内心会像过去空虚时那样，再次陷入沮丧吗？

一个始终独立自主、自给自足的女人，现在要去照顾一个病人，我该怎样在这个世界上有所作为？带着诺玛一起，我不能像以前一样去给社区提供服务。我没办法去帮助一个大的群体，一个反过来也帮助我的群体，我还能够有所作为吗？我有太多东西要给予这个世界，但不是护理，这不是我的才能。对于我来说，它很小，没有意义，又是孤立的。

辞掉工作全心投入旅行时，我也曾有过这样的感受。上个季节，我们在巴哈岛上一个墨西哥村庄的小孤儿院里工作，只有那种时刻能对我空虚的生活有所帮助。我们原本计划下一个冬天再去那个孤儿院工作的，但目前为止，诺玛并不准备去南部旅行。我自私地害怕自己不能从这次旅行中得到满足，似乎因为照顾一个人而让我无法去照顾其他更多的人。

蒂米和我只是放胆一试，而我已经开始质疑自己旅行的能力了。我知道自己不应该想这些，但是作为人，不想这些实在太难了！

"你喜欢摄影，"蒂米试着安抚我，"也许投入拍照中，就能让你暂时不去想这些。"但是我还没有完全准备好。"我们也不会一直这样子带着母亲旅行的，"他继续说，"我保证将来我们会回到巴哈岛和孩子们的身边，而且现在多拍照，你还能磨炼摄影技术。"

我当然喜欢拍照，但这怎么会满足我改变世界或改善世界上一个小角落的需求呢？这该如何缓和我如今看护诺玛的孤独感呢？

我拿出自己的苹果电脑，在旅游博文上写了一些感想，从2011年的夏天起我就一直坚持这样做。尽管几年来只有十二个人跟过我的帖子，但这是我能够对外接触到的群体。当我从大自然和旅行写作转变为路程中的护理生活写作时，也许这些人还会继续感兴趣。我想，也许在写作和拍照中分享这次旅途，就不会感觉孤单。

我发表了一篇标题为《纬度的变化，心态的变化》的博文，题目是受我所喜欢的吉米·巴菲特的歌词启发而来的。之后诺玛坐下来安心地看书，蒂米和我则套上雨衣，沿湖滨散步，我们给诺玛捡了些漂亮的鹅卵石带回去。回到房车时，已经有几个人在博客里评论了。我们把这些评论读给诺玛听，希望这能够让她像之前投递邮件一样兴奋。

"谁说不能在自己九十岁的时候来场冒险呢？"一条评论写道。

"随心所欲吧，"另一条评论写道，"有太多美妙的东西可以看，做这些事都是没有规划的，它们都很棒，这是自然规律。"

尽管她看起来很疲惫，但从她的眼睛里可以看出她的痴迷。"这些人很关心我们的旅程吗？"她若有所思地说，"我不明白为什么。"

在和诺玛一起开心地看这些评论时，我很惊讶地感觉到自己如释重负，在某种程度上，蒂米是对的。我确实在摄影中找到了些许安慰，不仅仅是拍照本身，与大家分享我们的照片和故事也让我得到了安慰，他们让我反观到自己在努力地去达到期望。

但有些事是没办法避免的：天气打乱了我们的旅行计划，和诺玛生活在一起打乱了我们原有的生活节奏。我原本就是孤独的、情绪化的人，当自己的生活和丈夫、婆婆的生活交织在一起时，我的心情彻底被搅乱了。我必须去适应它，而不是抵制它。

博客的那些评论者能够看到被我的恐惧所掩盖的某些东西：即便是旅行达人也需要放缓脚步，放弃某些期望的东西。突然间，我们对所有旅行计划，有了一种不同的看法。从那时起，我们的计划变得很简单，甚至根本不需要计划了。

我们在狂风漫卷的麦基诺城被困了三天后，负责人才允许高大的车辆通过大桥。终于，像我们这样的大车可以过桥了，经过"巨无霸"大桥时完全称得上是一种仪式。来到上半岛，感觉很不一样，道路更加蜿蜒曲折，路途更加遥远渺茫。车子朝西开的时候，可以看到道路的右边是一棵棵参天的白桦树、香柏树，还有茂密的松林。道路两旁铺满无边无际的小黄花、香蒲和野萝卜花。往左看是浩瀚无边的密歇根湖，原始的湖岸线没有经过任何开发建设，向我们昭示着往昔的时光。

我们穿过中心市区时，诺玛坐在厨房的大窗户跟前，目不转睛地凝视着前方。我大声宣布："欢迎来到威斯康星州！"

她兴奋地提高自己的嗓音，足够大声让在前座的我们听到："噢，我从没有来过威斯康星州。"蒂米和我完全不知道她还没有越过密歇根州界来到过如此邻近的威斯康星州，毕竟来这里并不用花太长时间。

"这会很有趣的！"蒂米和我一起说道。

映入眼帘的是连绵起伏的山脉，上面有红色谷仓、金色草堆和黑白相间的奶牛，像是拼图上一片片颜色鲜明的板块。许多老谷仓上有绘制的广告，比如"品邮包烟草""喝可口可乐饮料"等。在经过这些老谷仓时，诺玛变得有点怀旧了，她想要看看拉什莫尔山，所以我们决定在她健康状况恶化之前，先带她去那里。

一般说来，在没有特定目标的情况下，许多房车自驾者都会选择没有水电供应设施的宿营地，在这些地方，晚上更容易找到一个免费停房车的地方。蒂米和我使用平板电脑上的一个神奇软件，提前找到了我们的休息地。虽然公路边的大卡车休息站是一个选择，但是车来车往的声音会很嘈杂。相反，我们发现了"集装箱"大卖场，或者美洲当地的赌博娱乐场，或者全美的老乡村连锁饭店更适合房车一族。

规则很简单：我们总是提前向他们申请许可，住宿的时间从不超过一晚。这样做非常有效。有时候，停在停车场边上可以看到高低起伏的农田或广阔的平原。有时候，当然了，停车场上还会举办一场派对，或者举办一场卡车拉力赛。爆米花和棉花糖的香味，以及汽车尾气的味道不时地飘进我们的房车里。我们很快就习惯了汽车的嘈杂声、孩子们的欢笑声，以及那些固定在停车场围起来的区域里的旋转木马的声音。我们很感激当天的旅途一路平安。那天晚上，我们舒服地待在房车里，跷着二郎腿，享受蒂米准备的晚餐。

这么多年来，我们都一直依赖这些地方来停车，但也许忽视了和自己父母分享我们睡在沃尔玛停车场的几次经历。我们知道在这条路线旅行时，住在这里是最佳的选择，所以我们需要让诺玛有心理准备。真不知道如果我们靠在路边停车，告诉诺玛"我们到家了，要在这里住上一晚"时，她会做出什么反应。

我们也不跟诺玛商量，直接就将她带到威斯康星州的格林湾，我们就在奥奈达赌场里停车场的树下宿营。这就像教一个婴儿游泳一样，把诺玛抛到一处深水区，以便让她适应。接着我们又在明尼苏达州蓝地的沃尔玛停车场宿营。

我们知道许多人都不愿意离开自己舒适的家园，而诺玛却愿意跟着我们出来风餐露宿，这让我们深受感动。我们早就对这些地方做了详尽的了解，所以知道哪些地方是可以宿营的，哪些地方是可以安心睡觉的。

我仍然清晰地记得那些网上的评论者告诉我们要放松。正如心理学家马斯洛的等级需求理论所说的，我感觉自己所扮演的角色属于需求的最高境界，而蒂米所扮演的角色则属于最初阶段。他关注的是食物、水、露营地以及安全，而我关注的是努力丰富我们的生活，注重联系、主动、创造、体验和目标，我所需要的不仅仅是期待一些意想不到的事情，而是全身心融入这些事情中。

沃尔玛停车场闪烁的路灯下有一处相对平坦的地方，我们打算在那里停留一个晚上。不过在停车之前，我们得先带诺玛看一看周围的环境。我们载她到街道对面，停在当地奶品皇后店后面，我们想让她看看那里的一个特别的东西。五十五英尺高的绿色雕像赫然耸立在我们面前，"看啊！"蒂米在那一刻开心地说道。我们站在世界上最大的绿巨人雕像前面，这么大的雕像，我相信世界上没有第二座。

旅行的一开始，就在这么一座滑稽的雕像前驻足，为接下来的旅行奠定了一种基调，这意味着我们都做好准备了。我们希望旅行能使我们放松，这样的旅行也许能够减轻诺玛脸上的严肃感。

穿着绿色绣花毛衣的诺玛站了起来，蹒跚地走向这座雕像。她走到雕像跟前，放开手杖，把手放在臀部，模仿着巨人的姿势。我拿出相机，大笑着给她拍照。看到这位瘦小的平时极度保守的老妇人跟着绿巨人摆起姿势时，我完全被逗乐了。

这是我和蒂米这几年来第一次看到她笑，我指的是，发自内心地笑。在我们准备出发到开始这次征程的过去五个星期里，我们在她家中那些放照片的盒子里筛选着，惊讶地发现她没有一张照片是笑着的。"我没办法照一张好看的照片，"她告诉我，"从来没有。"这对她来说就是一个事实。

在我们旅行开始的几天里，她一直向我们表现出我们以前从没看见过的一面，不仅是快乐和欢笑，还有天真。她很纯粹地享受着自己的快乐。在绿巨人雕像的影子下，她沿着这条路走到小绿芽的胶合板模型处，小绿芽是绿巨人的广告伙伴。诺玛漫不经心地把头穿过裁剪粗糙的洞口，摆着姿势又照了一张相，她脸上的表情显得顽皮又有趣。我突然意识到，比起我曾经所想象的，这个女人有着更长的生命。她在接受神圣和荒谬方面有自己的一套，她不会因为害羞而不去经历这些事，而是用一次挥手，或者是一个时髦的姿势去适应而不是去质疑。

也许她一直有这样的天性，但是从来没有机会表现出来；也许她现在的年龄和疾病能让她做那些在年轻时令她感到尴尬的事情；也许是离开了她在普雷斯克艾尔的家和卸下家里的所有责任后，她感觉更自由地去做这些事；也许她确实为拍一张"好看的照片"而发愁，便准备拍一张"真实的照片"：天真、诙谐、有趣又真实的照片。

在这一刻，我的内心暖暖的。这个我认识了二十年的女人，这个陪伴着蒂米成长的女人，今天她对我们已不只是"诺玛"或"母亲"，她成为"诺玛小姐"了。"这个九十岁的老妇人还没有垮掉！"我自言自语。在这之后，我相信我们都要向一个人学习，向一个最不可能的人——我的婆婆——学习。

我们继续沿着九十号州际公路向前，穿越中心地带。一路上，我们完全沉迷于路边的景色。车并没有转向前往拉什莫尔山，因为我们并不需要去那里。九十号州际公路边有值得我们停车驻足观看的风景，这些景色看起来非常美丽。之前的旅途中，蒂米和我有时候会停在这些地方，更多时候我们就只是路过这里而已。而现在，无论何时看到让我们感兴趣的风景，我们都会主动地停下来，因为诺玛的笑容激发我们想要让她一直笑下去的想法。

在道路尽头，很明显下一站就是南达科他州的米切尔镇了，这是世界上唯一的玉米宫殿，当地人称它为世界上最大的野鸟饲养地。在历史上，这座宫殿是为了庆祝丰收而建造的。宏伟建筑旁是玉米秆、干草和其他天然材料做成的主题壁画，每年都会重新设计。我们很幸运地在玉米宫节期间来到这里，最新的设计都会在每一年这个时候展示出来。街道上禁止车辆通行，所有关于玉米的东西都被高度重视。"你和林果站在这里。"蒂米跟他的母亲说道，让我给站在一个巨大人造玉米棒模型前的他们拍照。

我们从米切尔镇到拉皮德城，总共是二百七十五英里的路程。其间，南达科他州的一些景观很是特别：栽种着大片向日葵的田野，稀疏的树木，一块写满字母的广告牌。我们被数百个手绘广告牌逗得捧腹大笑，接着我们前往名镇沃尔药房。外面的温度是九十八华氏度，所以规模大又配备空调的国际知名游览胜地显然是我们的停靠站。

名镇沃尔药房建于1931年，原业主给向西游览国家景区的干渴旅行者提供免费的冰水，以此吸引驾车人来光顾他的生意。我们很享受这杯冰水。当我们在小镇上参观的时候，诺玛在一个户外庭院里发现了一座杰克迈步造型的宏伟雕像，她毫不犹豫地爬了上去。当我们在一堆眼花缭乱的商品中寻找寄回家的明信片时，她正在抚摸一头雄壮的野牛雕像。在野牛庞大的身形下，她显得非常矮小，却充满了活力。

那周晚些时候，我们才到达第一个大目的地：拉什莫尔国家纪念公园，它就在南达科他黑山的拱顶石处。为了促进国家旅游业的发展，格曾·博格勒姆从 1931 年开始初步构想，后来他和四百名工人花了十四年雕刻出乔治·华盛顿、托马斯·杰斐逊、西奥多·罗斯福和亚伯拉罕·林肯等美国总统的巨大雕像。这些雕像高约六十英尺，雕刻材料是原生的花岗岩。我们注意到这些雕像都像绿巨人雕像那样高大。

在公园游客中心的一次交互式展示中，内敛的婆婆摁下了仿制的爆破雷管。看到面前的屏幕上出现一场爆炸的电影剪辑片段后，她开始放声大笑。一个九岁的男孩被诺玛充满活力的滑稽动作所吸引，看到这一幕也开心地大笑起来。小男孩的家人受到影响，也跟着欢笑，在我们身边的每个人都感受到了快乐，鼓励诺玛再做一次引爆。

我们开始意识到诺玛的快乐是有感染力的——不仅是我们，其他人也会被感染。我们对她的照顾和保持警觉性的帮助只是旅程的一部分，出发后的第一个早晨，我还很担心，但是很快，我们就发现了诺玛的另外一面。这位诺玛小姐给予我们某些无价之宝作为照顾的回报——她纯粹的快乐，她的冒险精神，她主动和世界逗着玩，她热情放纵地去体味和接触。

我们不知道她对这些巨大的总统雕像表现出来的兴趣是不是跟她爱好美国历史、地质和美术有关，或者是因为这些雕塑本身就是一个令人惊讶的壮举，这些都不重要了。她一直盯着巨大的半身石头雕像，阅读着公园里的每一块解说牌。诺玛像一块海绵，正在吸收她能吸收的每一滴水。很快，我们也变得跟她一样了。

————————————

诺玛无法说出她的一揽子旅行计划，刚开始我们还是希望她能够告诉我们的。不为别的，只是想知道她的一些想法，因为那样能帮助我们制订旅行规划。"噢，我不知道。"她一遍又一遍说着。早在着手准备的时候，我们就十分清楚没办法从她那里得到这些信息。

有时候，我会因为她没有认真地投入到旅行规划中而感到沮丧。难道是因为她的年龄吗？是因为她的大脑没办法很好地组织语言吗？是因为她不习惯想象或者不习惯别人问她意见吗？但很快我就开始感激她在制订计划时的含蓄了，这给了我们机会。

没有旅行的目标清单，我们确实可以随心所欲地流浪了。有太多东西要去看、去做，并且最重要的是，诺玛只是想看沿途的风景。其实，这次旅行并不是要去检查一份预先确定好的清单项目，一份固定的目标清单反而会限制我们的自由。麦基诺大桥上第一次被耽搁了的计划和沿路景色的游览经历让我们很快领悟到，这次旅行就是要活在当下，接受那些发生在路上的事情。这样才不会有遗憾，也不需要跟时间赛跑。

可是我们仍然需要另一个计划，计划接下来要去的地方。幸运的是，由于诺玛喜欢地质，又有爱国心，我们得到了一些提示。尽管她不是一个专业的艺术家，但她在大学里学过艺术，我相信她有艺术和创造的潜质。多年来，她把编织的篮子捐给慈善机构，以此来帮他们筹集资金。她也制作银饰品、捏陶罐和画素描，从她那亲手打理的美丽的花园就可以看出她对大自然有着浓厚的兴趣。

我们抛弃所谓的一揽子旅行计划，决定在机会出现时简单地说一句"好的"，然后让诺玛的兴趣引领着我们前进。我们乐于随心所欲——有意识地去信任身边发生的事并与之配合。任何经历对于我们来说都是有意义的，我们都需要参与。比如，我们一会儿在研究安德鲁·怀斯画作的创作手法，一会儿在诺玛模仿绿巨人摆姿势的时候哈哈大笑。

毕竟，"活着"和"生活"之间的差异并不微小，这种差异诺玛已经给我们展示了。我们注意到每个人都变得容光焕发了，更加充满活力，更加愿意继续说"好的"。我们寻找着和外部接触的机会，希望遇到一些新鲜、有趣又动人的事情。塔尼亚是我少女时代的朋友，十五岁以后我就一直没有她的消息。这天她发给我一封蓝色封皮的信件，信上写着："我一直都记挂着你，希望你一切安好。我们现在住在南达科他州。如果有机会的话，写信给我。"收到这封信，我并没有太惊讶。

"我们现在刚好就在南达科他州！"我为这种巧合而激动，很快就给她回信了。我解释说，我们正在跟蒂米的母亲一起旅行。我把脸谱网的博客换成了"关于诺玛的记录"，然后把链接发给她。

"你的婆婆喜欢啤酒吗？"塔尼亚一脸奇怪地问我。

她继续说："现在乔希和我在斯皮尔菲什有自己的啤酒厂，我想带点精酿啤酒到野营地去，让诺玛尝一尝。"

我毫不犹豫地回了一句："好的！"

我多年没联系的朋友很快就到了，带来三箱六瓶装的乌鸦峰啤酒厂酿制的好酒。蒂米"啪"的一声打开其中一瓶精酿的峡谷麦芽啤酒，递给他的母亲。诺玛干脆地喝了一大口，之后抬起头来，眼睛里闪闪发光，说道："我并不认为我在护理院里能这么做！"之后她再次举起冰啤酒，喝了几大口。

这番充满深刻隐喻的话在我的脑海中回荡，这便是我们此次旅行的目的了：一位生命垂危的老妇人一辈子深爱着他人，养育着他人，在她生命的最后时光里，我们送给她一份礼物，让她去探索，让她去寻找快乐。

一切都改变了，我们都不知道接下来会发生什么。但现在可以肯定的一件事是：带诺玛一起旅行已经被证明是一个很好的决定。

第四章

信任

怀俄明州·黄石国家公园

九月

[蒂米]

比格霍恩山穿过怀俄明州和南部的蒙大拿州向北延伸，山上有很多圆形和 U 形的山谷，冰川湖两边有高耸入云的山峰，海拔超过一万二千英尺。比格霍恩山属于落基山脉，向北延伸两百多英里，连接着大平原，它是我们在这次旅途中遇到的第一座比较高的山。我们的房车以燃气为动力，吃力地沿着山路蜿蜒行驶着。"我们能做到的，"我说，"大家都是这样开上去的。"我可以感觉到手掌心的汗水弄湿了方向盘。

在这焦虑的时间里，瑞米变得很安静，我知道她一直屏住呼吸，连大气都不敢出。我一直默默地观察着她的过度反应，我早就预感到开到山路上时她会有这样的反应。快要到达山顶时，情况有些不对劲，我一路上都踩着油门，但房车也只能勉强蹒跚前行着。八月毒辣的太阳透过南部的侧窗照射着我，进一步加重了我的不适感。我们的车速从每小时四十英里降到三十英里，再降到二十英里，最后降到了十英里。我一直想在路边找个地方停车的，但一路爬上来根本找不到合适的停车位，这条陡峭的坡道，足有上千英尺长。现在我知道了，当时我只要摁下刮雨器顶端的紧急求助按钮，就可以解决这个问题的。但那时我还是个新手，所以面对逐渐下降的动力，除了硬着头皮往山顶上开，我们无处可去。

"我们确定要这样做吗？"诺玛咬住指关节，紧张地问道。

"我们可以做到的！"我没有将困境告诉诺玛，如果现在将房车停在道路中间，我们将陷入巨大的麻烦中。

母亲就在餐桌边坐着，望着窗外绝美的风景，根本没有在意当下的困境。也许她相信我们能够成功做到的，也有可能她并没有听到我们在这期间某些惊慌失措的对话。

就在车速慢得像步行时，我们终于看到一个显示将要到达山顶的标志。"拜托，再坚持一会儿！"我小声地祈祷着。就在我们的车快要停下来时，道路变得像一个跷跷板，开始向下倾斜到另一个山谷里，我们终于到达了山顶的临界点。

"我就知道我们能到达的，瑞米。"我尽可能自信地说着。从这以后的车程确实全部是下坡路。当我们最终开进怀俄明的十日眠小镇时，瑞米才再次松了一口气。

"为什么这个小镇叫'十日眠'呢？"当通过这个只住着二百五十七人的小地方的欢迎标志时，我们一起脱口问道。丰富的经验告诉我们，这座牧场小镇之所以这样命名，是因为它的十日游，或者是指在以苏族印第安人为主的帐篷里"睡十天觉"。

这个小镇就像是我们开车穿过荒芜的比格霍恩高山后的一块

绿洲，时尚的野营地或以马车为主题的旅馆坐落在小镇的西部。小镇入口处，老式木制四轮运货马车上塞满了盛开的鲜花欢迎我们。马车旅馆的主人是个很随和的人，他为自己所在的地方而感到骄傲，在我们开车进来的时候，他正忙着种树。他在办公室接待了我们，为我们办好入住手续，给我们每人发了一瓶冰水。后来他还专程来我们的住处查看，确保我们晚上能睡得舒服。在平坦的地面上停好房车、接上公共设备后，大家都松了一口气，这真是不容易的一天啊。

我们的野营地与当地竞技表演地隔着一条泥土路，从这里可以看到高中校园的足球场，运动员们刚好完成训练，正在竞技表演场旁边走来走去，等待着乘车回家。母亲注意到这群人里有两个是女孩，她们穿着垫肩，戴着头盔。

"这些女孩不穿队服吗？"母亲问道。原来，在十日眠小镇，没有足够多的男孩子来组成一支球队，所以只好邀请女孩子们也加入其中。"看起来真好啊！"母亲补充道，我和瑞米相视而笑。

———————

我们走了一百五十英里，在十日眠小镇睡了一夜后——而不是睡了十日——我们又起程了。通过黄石国家公园东大门入口处时，我们骄傲地炫耀着母亲的国家公园高级通行证。公园入口非常狭窄，车两侧离每一边的距离只有一英寸。"欢迎来到黄石公园，诺玛！"瑞米在房车后面大声说道。我们每通过一个州的边界线，她都会这样祝贺母亲，所以她现在宣布欢迎母亲来到国家公园看起来也很合理。

黄石公园是我们国家的第一座国家公园，有将近三千五百平方英里的荒地，坐落在如同沸腾的火锅般的火山顶上。壮丽的峡谷、森林、高山河流、温泉、地热泉，以及最著名的老忠实喷泉①，都是黄石国家公园的特色。这里也是成百上千种动物的栖息地，比如熊、狼、麋鹿、羚羊、水獭和野牛等。

"噢，我希望我们可以看到一只熊。"在我们开车进入公园的时候母亲说道。

"好的，我们肯定会看到一些野生动物！"瑞米回答她。前面的房车旅行者因为一群野牛正在过马路不得不停住了，我快速踩下刹车，母亲吃惊得完全说不出话来。房车停稳后，瑞米很快就拿出她的相机抓拍了母亲从窗户外看到一头巨大的雄性野牛的惊讶反应；后来，这头野牛迷茫地穿过马路，空气中传来它的呼噜声，还夹带着一股怪味。

瑞米一边拍照，一边继续说道："我们来到这里，肯定也能看

---

① 老忠实喷泉（Old Faithful），美国黄石公园中最负盛名的景观，它每隔65分钟喷出一次，每次历时约4分钟，喷得最高最美之时是前20秒，每次共喷出热水约1万加仑，高度达40～50米，水温93摄氏度。经冬历夏，老忠实喷泉都这样按照一定的规律不竭地喷着，遂得"老忠实"这一美名。

到一些沸腾的泥浆池和喷泉，这个地方非常神奇啊，诺玛！"

我们一直深信这一点。我们来到上部的喷泉盆地。"妈妈，这是世界上喷泉最多的地方。"我看着眼前的景色对她说道。我们还没有离开停车场就可以看到远处有成百上千的蒸汽柱正往上升腾，事实上，这个盆地有将近世界上四分之一的喷泉。除了喷涌的泉水，还有多姿多彩的温泉和冒着热气的气孔释放出来的含硫气体。我们已经闻到了臭鸡蛋的味道。

"你就坐在椅子上，我们推着你去看。"瑞米补充道。

"真的吗？我们怎样才能做得到呢？"母亲有些疑惑地问道。

我们解释说，这个盆地不仅仅有许多独特的地质特征，国家公园服务中心还在它们周围建了一条便于推轮椅的木板路。

"我想这很有用。"她最后说，听起来好像明白了。

这是我们在参观拉什莫尔山后的第一次长时间停留。在那次游览中，我们推着坐在轮椅上的母亲去参观，那里都是铺好的路，旁边有护栏，看起来相对安全。但这里不一样，路是木板铺成的，距离火山区脆弱的表层地只有几英尺。这里没有护栏，只有木板搭成的低矮护道。能保护母亲不受咝咝作响的岩石和沸腾岩浆伤害的只有我，但我并不确定母亲是不是真的信任我，能否把这次一时兴起的冒险旅程中的安全责任完全托付给我。

老忠实喷泉距离我们只有几步远的距离，在过去的三十年里，瑞米和我看到它喷涌过无数次。但是现在，九十岁的老母亲第一次看到它，有将近八千加仑的沸水喷射到至少一百英尺远的地方，在这持续了几分钟的过程中，我们观察着母亲，希望能看到她敬畏的表情。当喷泉归于平静时，外国观光者在欣赏这大自然表演时纷纷鼓起了掌，母亲只是张大了嘴巴，被刚刚的壮观景象所征服。

人群散开了，我们走上木板铺成的小道，路过一些写着具有地质特征名字的标牌，比如银莲花、蜂窝、狮子、间歇性、美丽而多彩……我推着母亲，尽可能靠近边缘，这样她才可以近距离观察到它们的美。我们耐心地等待着从小道通行，等待着短暂喷涌出的泉水将水雾冲向高空。不时有几滴泉水溅到身上，母亲大叫着："我们不要离得太近！"

走了几英里，母亲决定休息一会儿。她让我们在这最后的三百英尺里推着她沿着木板路去牵牛花池，那是一个装饰着橘黄色边的亮绿色温泉。一到那里，她就开始琢磨。高温中的敏感细菌所形成的颜色非常具有魅力，她再也无法让自己的目光从池子中移开。我们走到无障碍步行通道的尽头，接下来的路是砾石小径，一直延伸到饼干状盆地和其他喷泉处。看到母亲愿意进一步去了解它们，我兴奋地问她想不想离开木板路再往前继续走走。"当然，我想去！"她毫不犹豫地回答。

我们在凹凸不平的砾石小径上轻松地推着她走了一会儿，发现斜坡越来越陡，自己也快没力气了。我们已经走到半山腰了，但她完全兴奋了，还想继续前行。尽管她坚持自己能够走完剩下的一段路程，但现实的问题是，我有力气推她上山却没有力气推她下山了。"我想我们应该回去了。"我告诉她。

踩下轮椅上的刹车，我们开始计算回到斜坡底部相对平坦的小径上所需要的路程。身体里汹涌的内啡肽和肾上腺素仍然让我很兴奋，在这期间，我发现一条狭窄的小路，延伸到一处温泉，在那里我们还可以看到一股急流边上的蒸汽。我会努力推着母亲去看看的。

沿着这条泥土路推轮椅时，母亲瘦小的身体像个布娃娃在轮椅上来回摇动着。她那皱巴巴的手用力地抓住轮椅的扶手，紧锁着布满皱纹的眉头，嘴唇紧紧地抿成一条细线。母亲看起来很不舒服，也许是有点害怕，她紧绷着身子，忍受着眼前的情况。

我们就这样一路走了过来。尽管现在可以说终于到达了比格霍恩山顶，但我们仍然身在多岩地带。关于对彼此的绝对信任，多年来我们之间一直存在着担忧，但在过去的几个星期里，我惊奇地发现母亲天真又大胆的一面，我想毫无保留地带她去看我看过的所有东西。她是不是足够信任我能够带着她不走寻常路，能够在她生命的最后时光里为她保驾护航呢？

————

我在三个多月大的时候，第一次学会了信任。那时候，我刚遇见我的父母不久。1957年，距离圣诞节还有九天的一个早晨，他们早早就收到了一份节日礼物——那就是我。

父亲和母亲都是在国家大萧条时期长大的。我外祖父在托莱多和俄亥俄州打零工，不能给自己的家庭带来多少收入。"我们六个人的晚餐就是一起吃五片薄薄的炸腊肠。"在我和妹妹成长的过程中，母亲会经常这样告诉我们。父亲家住在托莱多，也不是很富裕。他每年暑假都被送到一个婶婶家的农场里工作，帮他的单亲妈妈减轻经济上的压力。至少他在乡下时，吃的食物能充裕一点。

"二战"中，他们也一起做义工。父亲是美国空军的前身陆军航空公司的一名职员，驻扎在夏威夷州的卡姆机场。母亲跟着哥哥拉尔夫加入了海军，拉尔夫入伍时才十七岁，还未成年。外祖父一直到母亲二十岁时才让她入伍。母亲一入伍，就成了一名紧急救援服务组织的女志愿者。她是在纽约接受基础培训的，随后搭乘火车横穿整个加拿大，南下到过新墨西哥，往西到过加利福尼亚和圣迭戈海军医院，在那里她当了一年半的护士。她喜欢告诉每一个人，那时候军用运输列车离开了美国国土，她被定为国际义工。"我贡献了自己的微薄之力。"她说。她似乎并不欣赏十日眠小镇上那些年轻的女足球员，我想她现在对"女性力量"的信仰还像她在七十年前加入第一批女海军时那样强烈。

母亲的哥哥拉尔夫和我的父亲在这场战役后成为好朋友，他们会聚在一起喝酒或一起修车。某一天晚上，他在一家酒吧里把母亲和父亲介绍给对方认识，在这之后不久他们就结婚了。结婚之后，他们发现自己无法生育，于是就像其他人一样，带着 20 世纪 50 年代美国盛行的民族乐观精神生活着。在那十年里，他们为天主教慈善会抚养了好几个孩子，这个组织最后给了他们一个属于自己的孩子。

我的父母告诉我，我被收养的时候差不多六岁。我那时候年龄也足够大到能够理解这个概念了，尽管有没有血缘关系对我来说没什么影响。他们是我唯一认识的父母。

母亲和父亲在收养了我之后，又申请领养了另一个孩子，但这等了很久才有结果。记得有一天，米色的转盘电话响了起来，母亲让我去接听。打电话的人要求跟母亲说话，我立即把笨重的电话听筒递给她。在谈话过程中，她变得很激动，我已经等不及了，她赶紧挂断电话告诉我发生了什么。"你的小妹妹下周就要来啦！"她大声说着，比起我之前看到过的她都活泼。那时候的我并不知道我们一家人一直在期待着这个女婴儿。

史黛西来的那一天，对我们全家来说是快乐的一天。我下了学校巴士，沿着人行道跑到我们位于米德尔伯里街的错层式房屋里。我快步走上楼梯，一直走到左边的第一扇门处。在卧室中间靠近窗户的地方，我第一眼就看到躺在婴儿床里的妹妹。她很小，粉嫩粉嫩的，没有什么头发。

母亲是一名家庭主妇。她做饭，给我们做万圣节服装，用识字卡片教我们识单词。父亲在当地公用事业公司有一份正当的工作。我们是一个中产阶级家庭，对于一个在两岁时丧父，只有高中学历的男人来说已经是一个很大的成就了。

父亲是一位白领，有假期，工作是轮班制。早班轮晚班，晚班轮午班，没有明显的规律和理由。有一段时间，我只能在他起床或者去睡觉的时候看到他。我有时候会在父亲的卧室门口听到电风扇发出的噪声和他沉重的鼾声，我一直渴望他能够来到外面和我一起玩足球或者和我搭建一个鸟窝。

也许正是因为这样，比起与父亲的关系，我和母亲的关系更加亲密。毕竟，母亲一直待在家里陪着我。她读本杰明·斯伯克博士写的《婴幼儿护理的常识》(*Common sense book of baby and child care*)，照着他的话相信自己的直觉，相信自己的育儿技能。她抚育我的时候，就用了斯伯克博士的很多方法：例行照顾是好的，但是婴儿并不需要一个严格的制度；如果你的婴儿吵闹，不要感到焦虑；好的育儿方法需要不断地改进；婴儿们需要爱；等等。

这种养育孩子的方法并没有像一些反对斯伯克博士的人所声称的那样，把我变成一个对父母不尊重的自恋孩子，我会说正好相反。但是现在回过头来看它，我明白了这也许是我之所以具有强烈独立意识的原因所在。我的母亲相信自己能抚养好我，相信在她的努力下我会成为一个好人。她的自信让我认识到我也可以相信自己，我最大的希望就是不让她失望。

我同样看到这个哲学思想如何塑造我的母亲。斯伯克博士的书在1946年就出版发行了，那时美国医生已经在医学领域树立起自己的权威，他支持"二战"后的父母对自己的合理决定要有自信。当母亲决定拒绝接受癌症治疗，告诉医生自己还能"身体力行"时，肯定也受用了一些这样的自信。

但现在的我是一个成人了。很多年以来，时间和空间将母亲和我分隔，我们之间又没有什么血缘关系。父亲和妹妹去世了，我的母亲现在得依靠我来养活她，帮她做医学上和经济上的决定，保证她的安全。母亲在她年老力迈、疾病缠身、虚弱无力的时候，能够信任我在这次旅程中能带她去实现她内心最感兴趣的事情吗？她能像我信任她一样信任我吗？

我放弃拥有一个自己的子女是因为我不想承担这种责任。每天晚上在满是人的屋子里睡觉，第二天早上大家都指望着我起床，担负着一个父母应该给予他们在经济上和情感上的安全感的责任，这些都令我望而却步。母亲现在的情况让我不得不重新审视这些问题。如今我们之间的角色转变了，她只能在余生中信任着我。

————————

我们继续向河流旁的温泉靠近，我把轮椅向后倾斜着，大后轮就这么靠在庞大的树根上。母亲仍然抓着扶手，绷紧了脸，全身肌肉处于高度紧张的状态，就像在迎接一场灾难。

"诺玛，"瑞米说道，"蒂米扶着你呢，很安全的，你可以松手了。"

我能感觉到一种停滞，一种临界点，就像我们感觉山那边过来了一个人。我们不能再继续抗拒着彼此。我们有太多时间是独立生活的，但现在我们必须学着去相互依赖着彼此。

接下来，美好的事情发生了——诺玛松开了手。她张开自己的胳膊，就像在拥抱整个世界。她的嘴角上扬，抬头挺胸，脸上浮现的是纯粹的快乐。她的喜悦是具有感染力的，感染了我和瑞米。此时的瑞米马上给她拍了一张照，捕捉到这一快乐的瞬间。

那天，在黄石公园的真正魔力并不只体现在主要的旅游景点上，还体现在我们往下走到河流处的这段颠簸的路途中。长久以来，我的母亲是一位强大且无私的母亲，历经了许多磨难——大萧条、战争、不育、孩子和丈夫的去世。比起寻求帮助，她更能轻松地说出"不要烦恼，不要担心我"。但现在她需要我，她需要我们。如果瑞米和我想要真正帮助她，我们需要彼此信任；我们得接受彼此之间的脆弱，在这次旅程中，在这些地方。

母亲敞开了双臂，意味着她毫无保留地信任我们，她释放了自己的恐惧，放弃了对任何控制的需求。在那一刻，我们都明白在信任中会收获意义深远的自由之源。失去信任，我们将禁锢自己的乐趣，实际上是在压抑自己。但是只要有那么一刻我们记起，有人就在那里支持着我们，我们就会找到放手的自由，试问一句"为什么不这样呢？"来享受路上的每一次颠簸。

之后，我们沿着一段平坦的小道回到游客中心，这时的母亲再次让我们感到惊讶。"你一整天都在推着我，"她对我说道，"你休息一会儿吧，让我来推你走一会儿。"之前我从来没有坐在轮椅上被人推过，更不用说是我年迈的母亲来推我了。看到这一幕的人肯定认为她已经推我走了好长一段路程了，因为他们都摇着头侧目看着我们，但实际上母亲并没有推着我走多远。瑞米把这个过程录了一段短暂的视频，我们每次重新播放来看时都想开怀大笑。从我们身边路过的登山者并不知道那天我们经历了太多的事情，这不仅仅是一次轮椅上的旅行；我们感受到了山脉和每个人强有力的拥抱，体会到了放手的自由和紧张过后的美妙轻松。

往后的日子，每当遇到母亲不相信我推轮椅的敏捷能力或者在旅程中遇到其他问题时，瑞米和我都会相继向母亲提起这件事。"蒂米会照顾好你的，诺玛，"瑞米会说道，"还记得我们在黄石公园的旅行吗？"

第五章

视 角

科罗拉多州·博尔德
九月

[蒂米]

我们开着房车从怀俄明州的黄石国家公园和大蒂顿山国家公园出发，沿风河山脉的山阴下向南前进，穿过大分水岭，经过梅迪辛博山，我们行进在去科罗拉多州的大路上。现在已经是秋天了，白杨树叶纷纷掉落，那醒目的金黄色和只有在美国西部才看得到的深蓝色天空形成了鲜明的对比。

到目前为止，我们在高海拔区域逗留的时间已经超过一个月了。让瑞米和我感到放松的是，母亲并不像第一次来到高海拔地区的其他人那样，表现出许多身体的不适。

事实上，当我们到达落基山国家公园下的山麓丘陵地带时，她表现得相当活泼。这是我们又一个新的旅行目的地。她可以站在轻便的轮椅后，很有信心地扶着它走来走去。如果她走累了，可以坐在椅子上休息一会儿再继续走。每一天母亲都会沿着楼梯走出房车放松自己，然后绕着露营地一圈又一圈地散步，再心满意足地回到我们在大汤普森河边住的地方。她会一整天坐在湍流旁的轮椅上喝茶，做手工编织，看书或玩拼图游戏。我们觉得，她的生活很美好。

一个月前离开密歇根的时候，瑞米和我都注意到母亲左脚掌和踝关节处肿了起来。不久后，父亲的去世和她的癌症让我们并没有时间去考虑之前注意到的一些事情。现在浮肿扩大到了膝盖处。

母亲肿胀的腿并不是唯一让我们开始担心的事，我们同样注意到她在起身去房车另一边的浴室时，经常会感到头晕。她不断流鼻涕，有时候还会睡上一整天。每一次上卫生间的经历，都会提醒着我们，她还患着癌症。尽管没有任何疼痛，身体内没有肿瘤扩大的征兆，但每天流的血都会湿透几块卫生垫，她并不喜欢这样。

"这很糟糕，"我说道，"也许高海拔还是对她的血液循环有一定的影响。"

"我在想，这些是不是她吃的几剂处方药带来的副作用。"瑞米回答道。

母亲确实是吃了一些药。之后我们便上网寻找答案。

母亲一天吃三次活性肽类的药物来缓解她长期的关节疼痛。但我们发现活性肽类药物很可能造成服用人嗜睡、精神错乱、反胃、便秘，服用过多的剂量还可能会抑制呼吸。母亲表现出很多这样的症状，但主要是受疼痛的折磨。另一个医生开的治疗高胆固醇的药物处方也许能解释她一直流鼻涕的原因。但这个医生先前已经离开小镇好几年了，母亲之后也没有联系他。最近的几次检查显示母亲的胆固醇水平不再那么高了。

我们研究后发现，有大量的证据表明这些药物中含有特殊成分和可能存在的大麻衍生物。我们了解到大麻二酚和四氢大麻酚是特殊药品的两种主要成分，都属于大麻酚类的一种独特化合物。四氢大麻酚是特殊药品里的一种活性成分，会影响人的心情、行为和直觉，也能提高人的感官的敏锐度，让你感到放松，有时候还会提高你对食物的欲望，也就是"饥饿感"。也许这对母亲来说很有用，能帮她增加点体重，但我知道她不会对此感兴趣的。

然而大麻二酚是不具精神活性的，现在人们正在研究它丰富的药物价值。瑞米和我了解到一些研究表明它在缓解炎症、疼痛、焦虑、精神紧张、癫痫和痉挛方面很有效果。我们也了解到一些临床研究体现出它有缩小癌症肿瘤范围的作用。

我们总是认为确保母亲尽可能不受疼痛折磨，尽可能感到舒适是我们的责任。但是药物的副作用正在阻碍着她充满自信和有活力地尽情拥抱生活，因此我们想要再看看有没有其他选择。

大麻二酚值得我们尝试，毕竟，我们现在位于科罗拉多州。而科罗拉多州是可以合法使用特殊药物的四个州之一，从 2004 年开始，就可以提供给人们使用。但我们也知道自己不得不选一个时间来跟母亲坦陈所有这些事情。

母亲开始为自己肿胀的腿感到特别困扰。在我们离开普雷斯克艾尔前，母亲很清楚地告诉我们，她不但会选择放弃癌治疗，也会选择不再跟医生联系。"不再感觉疼了。"她说道。她想要自己的隐私和尊严。但我们可以看得出她很不舒服。我问瑞米可不可以跟她谈谈特殊药物，因为我觉得母亲如果能听得进瑞米说的话，会更重视这件事的，要比我跟她说的效果好。

我有理由这样踌躇。上高中的时候，有一次，我把自己那破旧的李维斯牛仔夹克放进洗衣篮，忘记从衣服胸前口袋里拿出一盒含大麻的特殊香烟。之前我们从来没有谈过这类事情，这也不是我母亲喜欢的东西。但之后，在一件刚洗好的衣服口袋里放着一张手写的字条，上面写着："我希望你可以戒掉这种东西。——妈妈"这盒香烟就跟这张字条整齐地卷在一起。因为一位不喜欢这种东西的母亲，它就这样幸运地免于冲刷、漂洗和旋转。

我走出房车，紧张地站在靠近纱门的地方，偷听这段谈话。瑞米问母亲之前是否听过特殊止痛霜，是一种含有大麻二酚和其他精油如山金车、薄荷和杜松等的润肤霜。我惊讶地听到她说："噢，当然听过。"

"你愿意试一下吗？"瑞米直接问道，"这对缓解疼痛和治疗你的腿会很有帮助。我们可以在科罗拉多州买到它。"

"当然，我想这会很棒的。"她略加思索后就回答了。

我的父母从没有用过任何软性毒品，但是药物在维持父亲生命中发挥了很大的作用。他在1978年的时候发作过一次心脏病，需要做冠状动脉搭桥手术。即便心脏外科医生一年里做过十万次这样的手术，我还是担心父亲不能成功，何况当时那样的心脏搭桥

手术只在十年前才刚刚获得第一次成功。那时候我刚从俄亥俄州搬到科罗拉多，我记得自己飞回家来陪着他们做手术，后来才知道瑞米的父亲在同一年死于心脏病。

幸运的是，父亲在那次手术中存活了下来，但也查出他患的实际是冠心病，是一种会持续恶化的严重疾病，没有办法根治。此后，他又做了两次手术。在将近四十年时间里，他按医生嘱托的那样生活着，吃各种各样的药来让自己继续活下去，也从来没有质疑过。

我第一次带瑞米去见父亲的时候，他七十二岁，看上去身体状况良好，但是很多自己想做的事情他已经做不了了。他因为自己的身体状况而感到沮丧，我很肯定大部分是因为这一颗受损的心脏。几年后，他无法参与家庭活动，也无法做自己感兴趣的事，我就这么看着他这份挫败感越来越强烈。

"不管你做什么，儿子，都不能让身体衰弱。"在过去的几年里，他会这么告诉我。到最后，他没能听从自己的忠告。

父亲去世之前，我们每年夏天都会去看望他们。瑞米和我走进父母朴素的砖房里，发现一位蓬头垢面看起来感觉很不舒服的男人。"感谢上帝让你能够按时到达这里！"母亲在看到我们走进后门时大喊着。母亲自己主动告诉我们，因为父亲不能修理家庭汽车，他们待在家里好几个星期了。父亲最后一次开这辆灰色的自由号吉普车，还是在去二十英里外的小镇上买杂货和药品的时候。

父亲就坐在客厅里他最喜欢的一把躺椅上，昏昏沉沉的，说不出话来。那已经是下午近黄昏的时候，平常外表整洁的他，现在

DRIVING
MISS
NORMA

Go Go Go !
诺玛小姐

头发杂乱，脸上的胡须有三天都没有清理了。平常穿着著名的宾恩牌宽松长裤，别上精致纽扣的他，现在穿着宽松的运动裤和脏兮兮的运动衣，还露出里面的汗衫。我们一开始以为他是在开玩笑。父亲总喜欢恶作剧，但是现在很显然不是这样。

我们不能从母亲和父亲那里得到更多的信息。在所有近期来给父亲看病的医生看来，父亲的身体是健康的，但这显然是出了什么问题。我们需要了解父亲的治疗情况，所以我们做的第一件事便是观察他的药物。他感觉自己昏昏沉沉，无精打采，还头昏眼花。看起来我们似乎可以从这个症状着手调查。

我们住下来后，瑞米和我便把父亲用过的所有处方药盘点了一遍，看能不能弄明白发生了什么事。

"父亲怎么可能都记得所有的药呢？"我看着厨房橱柜架上一列的琥珀色塑料瓶问道，它们就在水槽的旁边。

"蒂米，"瑞米说道，"在柜子里面还有更多瓶子。"

"他真的都服用了吗？"我们不禁满腹狐疑。

我们抱着一堆收集来的瓶子走到客厅里父亲的椅子前。每个标签上都有他的名字，在名字的下面整齐地印着一大串难以发音的名称，而且这些标签还被写了一次又一次。我们有条不紊地审查过每一条药方，尽力把标签摆正，举着给父亲看。"这吃了起啥作用？"我们每一个都有问。"随便吃吧，我也不知道。"他会一遍又一遍地这样说，开始变得烦躁不安。

父母乡下的房子里没有网络，所以我们开车来到小镇图书馆里做些研究。我们发现这些都是帮助降低血压和胆固醇的药物，有一种是用来治疗血栓的；还有利尿剂促进他排尿，另一种药丸是抑制他夜间排尿；他需要一种药来帮助他睡眠；我们还了解到其中一种药会让他犯恶心，所以他就去找另一个医生开另一种药，就这样没完没了地进行下去。当我们发现其中一种药是用来治疗抑郁症时，我的情绪瞬间失控。

"父亲一生都是个快乐的人，是什么让他感觉如此沮丧呢？"我问道。

我渐渐看明白了，我所了解和深爱着的这位有才华的老人已经变成一个邋遢、迷茫和不快乐的人。我们回到父母家中并不是因为患病的他，而是因为他吃了所有未经审查过的药品来保持自己健康。是什么让他的药物治疗跨过治病和致病的界限？

如果这些单个药物的副作用并不足以让我们烦恼，那我们很快就察觉到一些药物的混合所造成的结果更令人害怕。在我们面前有二十四种不同的药瓶子，它们之间的交叉反应效果看起来是无穷无尽的。我们尝试着反过来用他的症状去匹配这些药物所描述的副作用。仔细检查制药公司注明的信息后，我们才开始慢慢明白了他现在的症状。

下一步就是跟所有给他开药的医生见一面，带上父亲一起跟他们谈谈。

一位肺科专家琢磨着另一个医生给他发的介绍信，即使是回答关于父亲健康的几个简单问题，他都支支吾吾表现出明显的不安。最后他承认自己确实不清楚给父亲治的是什么病，他只是接受了另一个医生的诊断结果。如此，我们便取消了和他的下一次预约。

另一个医生并不知道父亲已经服用了和他所开处方发生反作用的药。给他看了我们所找到的研究信息之后，他便做了些必要的调整。

还有一位医生承认安眠药也许对父亲来说效果太强了，同意我们所说的非处方的药也许对睡眠会有帮助。确实是这样。

我们在这次博弈中来晚了，但看清楚这一切并不需要太久。在和医学界打交道的时候，你需要一位能为你发声、见多识广的辩护者。像父亲这样年迈的老人，对于医疗保健和一个好的处方药理规划有太多选择了，然而却没有人在这个庞大的医疗行业迷宫中引导他们。每位医生都有一种药包治百病，父亲似乎全部吃了。保险公司愿意给制药公司付钱，诊疗明显容易通过，而且给父亲治疗不同疾病的专家们并没有彼此商量过。药物很多次拯救过和延长过父亲的生命，但是现在有些并不管用了。

父亲在八十七岁的时候，吃药缓解其他药物的副作用，结果却加重它们的副作用和相互间的反应。这是活着吗？这是健康吗？

我们充当了父亲的医学发言人，把每一位医生的建议合在一起，有效地去掉父亲正在服用的一些药物，减少其他药物的剂量。那个夏天，我们待得比平常都久，确保离开前一切都顺利地进行。在我们的房车驶离家里车道的那天早上，父亲恢复到原来充满活力的样子了。母亲在自己的花园里除草，把薰衣草拔下来晒干后用作装饰。父亲则躺在草坪拖拉机下修理割草机带子。瑞米和我感慨万千，感激父母还能过上有质量的生活，我们也更懂得现代医药是如何起作用的。

距离上次母亲和瑞米谈论抹腿的特殊药，已经过去两天了，今天我们全部挤在牧马人吉普车里前往之前已经选定了的药房。当我们沿着山麓的一条双车道向博尔德前进时，母亲就坐在后座上。东边的大草原一望无际，因为那天的天气晴朗，我们还能看到草原上数英里远的地方。吉普车里的卫星广播似乎是有预兆地被调到只放音乐的"联合"频道，我从来没有想过和我的母亲一起聆听拉斯塔法教的音乐，它是一种适合长途跋涉的配乐。

事实上，我们觉得购买特殊药物是被对母亲的一种责任所驱使。从父亲那里，我们得知传统的医学治疗有时候有效，有时候又让自己的身体变得更糟糕，反而没帮上什么忙。

我的母亲将不久于人世。她拒绝微创治疗，即便这能延长（也很可能缩短）生命，但她选择了冒险和尊严。在生命的最后几天里，也许她会待在源源不断输送毒性化学物品来杀死癌细胞的医院里，然后余生因为止痛药而陷入沉睡，一直流血的肿胀关节也限制着她的灵活走动，但是她拒绝了那样的选择。现在是她想要的有品质的生活，我们的任务就是找出所有可选择的东西，即便这意味着我不得不跟母亲提及不太愉快的话题。

"蒂米，你要告诉母亲我们要去哪里啊。"瑞米坚持说道。

"你告诉她吧。"我紧张地把这事推给她。

瑞米很少摊出这张牌，但是这次她确实摊出来了。

"她是你的母亲，你得自己告诉她。"

瑞米是对的——我们不能尚未提醒母亲，就推着她走进一家特殊药店的大门。

我调低音乐，提高自己说话的声音，这样坐在后座的母亲才能听到。我大声说道："妈妈，我们打算去博尔德里的一家特殊药店，给你买一些治疗疼痛的东西，可以吗？"

一个强有力的声音盖过了柔和的音乐声："噢，我不要去！"她说道。

瑞米小声对我耳语道："注意用词，蒂米，注意表述。她同意'止痛药品'。"

她拔高嗓音说道："诺玛，还记得前几天我们谈过给你的腿弄点特殊止痛霜吗？"

"是的，当然记得。"她回答道。

瑞米为了让她安心，说道："那就是我们要去的地方，去看看能不能给你买点特殊止痛霜。"

"噢，我觉得这个可以。"她让步了。

"哎呀，我们还在去的路上。"当吉普车开进博尔德时，我和瑞米同时说道。

二十分钟后，我把车开进药房的停车场里。以前我在博尔德上大学的时候，这个地方是一家甜甜圈店。店里没有了圆润的甜甜圈、油酥糕点和热咖啡，现在放了一些桑科植物花、桑科食品和桑科提炼物。我们扶着母亲坐在轮椅上，推着她走向站在门口的保安。

"我在想这位年轻的女性是不是够年龄进来。"保安开玩笑说，那中等的身材让他看起来不像酒吧的保镖那么可怕。他把我们的身份证放在读卡器上扫描，"放心吧，我会保证你们的隐私，不会泄露。"他补充道。

我们走进门，从窗口处取了个号码，然后坐在拥挤的等候室，等着轮到我们进入后面的售卖区。

"诺玛，你还好吗？"瑞米一边问她，一边在这个看起来感觉更像是休息厅的地方审视着周边形形色色的人。我们希望她每走一步，都不会感到不适。

那是下午近黄昏的时候了，我们刚好碰到下班的人群。一位坐在角落里，旁边布满盆栽植物的护士正在手机上打字；两位油漆工就坐在我们对面，他们穿着粘上各种乳胶的 T 恤衫；两个穿着印有当地承包商标志的衣服的人在我们旁边谈论着他们的工作；一位戴着鼻环的白人女性披着一头长长的头发，在屋里踱来踱去，身上飘来一阵阵藿香味，她盯着叫号器，等着自己的号码，样子就像在熟食店里见到的那些人；一个穿西装的商人在看报纸……我被房间里形形色色的人所震惊。来这里的人都是些你在杂货店或街上可以看到的普通人。母亲肯定同意了，因为对于瑞米的问题，她回答了"还好"，还表现出轻松的状态。

当叫到"四十三号"时，瑞米和我站了起来。我把纸质票递给一位女性，她引着我们穿过一扇坚实的大门，来到药房的内室。这个敞亮的大房间里排列着三面玻璃展示柜。我们惊讶地看到十几个员工正在为房间里的一群人提供服务。

"有什么可以帮你的吗？"拐角处传来一个声音。她招手示意着，我们便推着轮椅上的母亲穿过这满是人的房间。

我们的"酒保"是一位友好的女性，管理着她在柜台负责的部分。"酒保"是对酒吧服务员的一种有趣称呼。她的旁边放了一台玻璃冰箱，展示着许多可供购买的含特殊成分的食品。母亲被各种各样标了效用的饼干、核仁巧克力饼、奶酪蛋糕和糖果吸引住了。

除了玻璃管、蒸馏器和其他连接着冰箱的医疗设备，还有一些装着上好止痛药的大容器。这些上乘的止痛药以它们在颜色、效果、气味间的细微差别而出名，有的还有点像酿酒的味道。当他们给我们旁边的顾客看修剪整齐的桑科植物蓓蕾时，就可以闻到辛辣味和一种怪异的味道。我感觉自己现在和母亲出现在这里有点不可思议。

但我们不是为了花和食物来的。我们对展示在架子上和挂在柜台后钩子上的产品感兴趣，也就是包含了大麻二酚的药用成分的产品。

"哈喽，这里，"我开口说道，"这是我九十岁的母亲，诺玛，她想要了解一些配有大麻二酚的局部面霜。"

"哇，我们这里几乎没有九十岁的老人来过！"接待我们的咨询员回答道。她对在药房里看到一位坐在轮椅上的老妇人表现出明显的兴奋，之后叫了一位同事过来看这新奇的一幕，还让他讲了一些产品的相关信息。

"对，"我继续说道，"我们在寻找一种可以治疗母亲关节炎和肿胀大腿的乳霜或者乳液。"当母亲卷起裤脚来强调这一点时，我看了她一眼。

在接下来的半小时里，我们问了很多问题，也学到了比我们想象中更多的关于特殊药物的知识和用法。他们给我们看了油状、酊类和胶囊状的止痛药。我们经过一番深思熟虑后，才决定购买一小瓶强力止痛膏，用在母亲的腿上。

在我们谈论特殊药物作用的过程中，母亲好奇地认真听着。我想我还要再赌一把，提议把这种疗法用在母亲全身疼痛的地方。我告诉两位医疗专家，我们想把母亲的活性肽类药物换成大麻二酚胶囊，他们提醒我们要小心谨慎。

"我们之前倒是见过它治好了疼痛，"其中一个男人说道，"但除了我暂时给她一些大麻二酚外，还要继续服用平常的药。如果你看到有效果的话，就慢慢地让她停止服用活性肽类药物。"

"这听起来很棒。"母亲同意道。

我们拿着特殊止痛霜和一瓶含量为五毫克的大麻二酚胶囊离开了那里。那天晚上，母亲在睡觉前往肿胀的腿上和粗糙的手上涂抹了一些特殊止痛霜。第二天早上，她迫不及待地从卧室里跑出来，给我们看已经消了一大半的浮肿，至少是消了一半。我们可以看到她收缩的皮肤上出现的皱纹，她那粗糙的手看起来也好多了。

母亲也开始吃全新胶囊了。我们一开始慢慢减少活性肽类药物，但在仅仅一周后她就恢复得很好了，完全可以停止吃它们了。一开始她有几天晚上睡不着，但比起之前的药方，一天一次的新胶囊让她感觉不怎么疼痛了。我们对此都感到高兴。

母亲大多数的药方现在都被我们负责任地处理掉了。她之前的头晕、无精打采和流鼻涕的症状再也没有了。她的疼痛现在也被控制住了，也没产生令人不能接受的副作用。

我们在脸谱网上发布的文章收到了成百上千条回复，他们建议诺玛小姐试试这种方法或那种方法来治疗她的癌症。诺丽果、碱性饮食、酶疗法和祈祷的力量都是他们建议的疗法。瑞米和母亲之前看过一条饮食建议，就是不要喝酒，不吃饼干和比萨。

"我们都不要告诉蒂米这一条建议，"她跟瑞米说道，"不然他会让我这样做的。"

当然，我们并不是医学方面的专家，但只要是关于照顾我九十岁母亲的事，我们就必须问自己，如果这种药物剥夺了她的生活乐趣，它还算好吗？如果这种药让她昏睡一整天怎么办？如果为了减轻疼痛而带来一大串的副作用怎么办呢？我们知道，如何有质量地生活是医学界才刚刚开始努力解决的重要问题。我们能说的是，从她一开始的诊断来看，母亲是希望能尽可能地享受生活所给予的东西，我们想要的仅仅是去尊重那些我们能做到的事。

在母亲规律性地服用新药的四天之后，她等着我带林果出去散步，然后跟瑞米说着悄悄话，就好像旁边的墙会偷听一样。

"我感觉自己不流血了。"她说道。

"真的吗？"瑞米回答道。

她把声音压得很低："我想我们得再去一趟那家特殊药品店。"

后来我们确实去了。

第六章

梦 想

新墨西哥州·赫梅斯普韦布洛
九月

[瑞米]

自从我们带着诺玛踏上旅途后，我九十岁的婆婆只想到一个明确想要去看的地方：新墨西哥。虽然我们每天都到达一个新的地方，但是我们知道新墨西哥必须去。她不会告诉我们为什么"迷人之地"如此吸引着她。从这一点上来看，我们像是去进行一次寻宝之旅。

我们向南经过科罗拉多，路过延伸到新墨西哥的基督圣血山脉，穿过这座白雪皑皑的山脉上形成的圣路易斯山谷。一路上，我们谈论着离开新墨西哥之后，再往东前往佛罗里达州过冬，也许可以在新奥尔良的第二次世界大战国家博物馆逗留，我突然想到诺玛对那座博物馆很感兴趣。

也许诺玛想去新墨西哥的想法，是源于她在1945年曾搭乘军用运输列车南下到过新墨西哥。

1945年，那时诺玛才二十岁，人生中第一次离家去圣迭戈海军医院当护士。在当"二战"的志愿者之前，诺玛离开俄亥俄州托莱多的家最远也没有超过二十英里。

军用列车咔嚓咔嚓地响着，经过西南沙漠上的不毛之地时，我可以想象出有一位年轻漂亮的娇小女子，披着一头时髦的棕色鬈发，靠在车窗上。一切都是陌生的，一切都是新奇的。她水润细嫩的皮肤在干燥的空气里开始变得粗糙干燥。她的眼睛出神地盯着这些地方以及这里的人，眼前的这些画面以前她只能通过看西部电影和图画书才能见到。

她都看见了些什么呢？

很久之前，她就乘军用列车见证了殖民者入侵的痕迹，她穿过那些原始部落的土地了吗？她透过那扇窗观察过印第安人的土坯房吗？也许在她经过的时候，当地的土著孩子们正在土堆里玩耍，或者土著母亲们在色彩鲜艳的背篓里背着小婴儿，而婴儿的小手正紧紧抓着母亲长长的黑发。

也许当列车咔嚓咔嚓地沿着轨道经过圣达菲来到阿尔布开克，还没向西前进到铺满阳光的圣选戈时，她就看到了金光灿灿的日出。也许她正敬畏地坐在刚好能看到荒芜的大地和一望无际的天空的地方，她的家乡是一个烟囱耸立、车水马龙的工业城市，这里的景色显然和家乡的景色形成鲜明的对比。

那次旅行已经过去七十年了。我问过诺玛那次旅程的各种细节，她已经记不太清了，只记得她一直没有停歇地前行着。这不能怪诺玛，这是太久之前的事了。我们可以肯定的是新墨西哥给她留下了深刻的印象，在接下来的时间里，我们所要做的就是帮助她重新回到那里。

―――――――

"查科峡谷怎么样？"我问诺玛，"尽管在这座古老城市边上的路很难推轮椅，也许你得用拐杖撑着走，但是它看起来真的很棒。"当我们开车的时候，我把想到的新墨西哥所有著名的地方都大声说了出来，好让诺玛有思想准备。对于去查科峡谷所需要的强体力，我们完全可以理解诺玛的犹豫，"我不确定我能不能走。"她说道。

"嗯……阿尔伯克基老城也许很有趣。"在我们停在新墨西哥博纳利欧的科罗拉多野营地后，我再次试着说道。朝东边望去，我们可以清楚地看到桑迪亚山脉和在山谷间缓缓流淌的格兰德河。我希望我的每一个建议诺玛都能积极地回应我。我告诉她："那里历史底蕴深厚，在那儿还能享受很多的美食以及欣赏艺术。"我所得到的回复却是"噢，我不知道"。作为一名摄像师，我对成千上万只沙丘鹤的迁徙活动非常感兴趣，但她同样不对这个想法动心。

"在罗斯威尔参观国际飞碟博物馆怎么样？"我想她会享受观看这些新奇事物时的欢乐。"好吧，也许吧。"她回复道，她的声音里表现出不情愿。这里有太多的选择了，但没有一个是让她特别感兴趣的。

"对了！"有一天晚上，我坐在餐椅上望着蒂米的时候突然想到，他穿着一件诺玛给他的 T 恤，是她从印第安人的儿童慈善机构带回来的，很多年来她都坚持每年给这个慈善机构捐赠一小笔钱。这只是她捐赠的儿童慈善机构中的一家，而这件 T 恤是作为捐赠的一份感谢礼。"你应该想要去看看印第安人居住的地方，对吗？诺玛！"

这是第一个真正引起她兴趣的想法。"是的，我想我会喜欢的。"她在我解释完突如其来的想法后说道。

我马上开始寻找能真正接触这种文化的途径，而她很久之前就已经和这些文化紧密相连了。我们谈得越多，这种文化就越清晰：没有一个房车停靠站能满足这个要求。因为她想要看到真正的印第安人所住的房屋，想要和这些土著人一起欢笑。她想要尝到正宗的土著食物，聆听部落生活的声音，欣赏他们的工艺品，安静地和他们待在一起。这是这些天以来面对的一个大难题，因为印第安人的村庄是很隐秘的，而且有理由受到保护。我并不认为这种体验现在还存在，但我愿意进一步去探索。

我在网上查到许多印第安人的村庄里有守护神和宗教节日。传统的典礼和舞蹈通常是对公众开放的，因为当时西班牙人强迫当地土著居民成为基督教徒，所以一些印第安人的庆祝活动有着鲜明的天主教元素，我发现这些部落群体有时候会欢迎游客参观他们受天主教影响的守护神庆典。我一直在浏览，试着弄明白这整个群体是怎么生活的，寻找着附近印第安人村庄的盛宴节日。当我浏览到一个网页时，上面写着离我们最近的一个印第安人村庄，我简直不敢相信自己的眼睛。

"噢，我的天！就在明天！我无法相信，就在明天！"我对蒂米、诺玛和我们的朋友马克喊道。马克刚从科罗拉多的杜兰戈过来，要跟我们待几天。

"明天怎么了？你在说什么？"每个人都问我。

为了这个计划，我在网上搜索了很长时间，现在我才意识到我并没有和他们说起过这件事情。蒂米都不知道我在说什么，更不用说诺玛和马克了。

"我们打算明天去沃拉托瓦的印第安人村庄！"我继续说道。诺玛在我兴奋地说着话时竖起了耳朵，她称赞道："噢，这太棒了！"

"我想那是离我们最近的印第安人村庄，你确定吗？"马克插了一句话，他比我们更了解这个地方，"那是梅斯部落，对吗？"他正努力地缓和我们的激动之情。

"这个村庄一年三百六十四天都是封闭的，除了明天！我们要去了！我百分之百肯定！"我无法压抑住自己的激动之情。我只知道诺玛一直希望去那里，却没有表达出来，她脸上的表情证明了这一点。"在圣迭戈，他们每一年庆祝守护神的盛宴节日，就在十一月十二日。"我肯定地说道，想着具体细节能让每个人都相信我。但马克和蒂米的反应对我来说，没有诺玛来得重要。"哇！"这是诺玛需要说的话。我们都希望这样。

我在网上搜索后才知道，"沃拉托瓦"是塔瓦语言，意思是"就是这个地方"，感觉就像命中注定一般。尽管公路上有游客中心，印第安人村庄却不对外开放。然而这次的十一月，他们欢迎游客们来一起跳舞，我们刚好在合适的时间来到了合适的地方。

目的地离我们的野营地只有三十分钟车程，但我们实在不知道在那个盛宴的节日里，当我们坐在吉普车上时，该做些什么。网上没有照片，也没有关于这次节日的相关信息。所幸的是，我查到了一些关于去印第安人村庄所需要注意的礼仪，跟我们最为相关的是：不能拍照。

通往印第安人村庄的国道相对来说比较普通，蜿蜒盘旋在高耸的红砂岩山间。当我们离开国道深入村庄时，很明显可以看到一些特别的东西。车辆在崎岖不平的狭窄街道间到处停放，人们正走向主广场。通常来说，诺玛的残疾人专用停车牌可以让我们获得一个很好的停车位，但这次不管用了。我们得走一段路才能到达村庄的中心地带。

我深呼吸了一口气后，把相机留在了车上。当经过白沙铺成的路段时，蒂米、马克和我轮流推拉着诺玛的轮椅，轮胎时不时陷入柔软的细沙中。空气中弥漫着牧豆树焚烧过的味道，还夹杂着墨西哥面饼和干面包的味道。我们很远就听到盛宴上条不紊的鼓点声。

我们的周边没有摄像机镜头，我发现自己总是想尽办法努力去记住自己看到的每一个瞬间。在我们行驶的过程中，每一幕都不断地重现，过了好一会儿我才适应现在的环境。我感觉自己的呼吸有点不一样，有些慢，但更放松了。到目前为止，在和诺玛的旅行中，我想我们在做着活在当下的一件很棒的事情。被迫放下了我的"记忆捕捉器"，我能感觉到自己是多么努力地想从诺玛的眼里观察生活，而不是从我自己的眼里。我正在以自己的方式见证着这一切。

沙土太厚实了，我们没办法在这个拥挤的村庄里走得很快。马克和蒂米同时对诺玛和我说："我们俩先去看看。"然后他们就走了。他们就像是两个突然间离开父母来到集市的十一岁男孩，迈着轻盈的步伐，兴奋地朝着鼓点的方向跑去。这个受感情驱使的决定也意味着他们不受轮椅的束缚，但诺玛和我被困住了。

所幸的是，他们很快就回来了，都兴奋地睁大了眼睛。"我们明白为什么自己在这里了！快来，妈妈！"蒂米和马克各自抓住诺玛轮椅的一边，就这样抬起她，诺玛像是坐在轿子里的皇后。一直抬到一块坚实的地面上，他们才把轮椅放下。

我们在下一个拐角的地方来到印第安人村庄的中央。这里有一个二百码大小的大院子，周围是平顶多层的古民居。这是一种呈现简单美、充满生活气息的活生生的邻家生活，而不是一次生活史展览。

草坪上一排排紧挨着的椅子环绕着这个社区的"主街道"，我们可以看到成百上千的人今天就安顿在这里。作为刚参加这次节日的游客，我们需要占据一个好的观看点。"我们应该几小时前就来这里的，"我叹了口气，"该怎么做才能让诺玛去到观看表演节目的好位置呢？"

就在这时候，有些特别的事发生了。不管人们多么谨慎地坚守着自己所占据的位置，他们都会默默地给诺玛这位受人尊敬的长者让出位置。当我们走过的时候，他们都会友善地点头说"你好"，有礼貌地移到一旁。我忍不住想到那些医生和诺玛几个月前做过的检查。这里的人对长者所体现出来的尊重和敬爱，与那些医生在诺玛和雷欧医疗问题上的治理方式形成鲜明对比。

诺玛最后舒服地坐在院子的另一头，就在这场活动中间的最前面，而我们三个都跪坐在她的轮椅旁边。我们看到大概有三百个部落成员，从四岁的小孩到老年人，都来参加圣迭戈的节日舞会。他们占满了整个院子，跟着鼓点和歌声有节奏地跳着，像蛇一般扭来扭去。

每一段舞跳完都没有掌声，因为这些人有自己跳舞的理由，并不需要观众的赞赏。我们没有一起跳舞，但是我们情绪高涨；我们没有参与过一次表演，但是见证了一次冥想，一次动人的祈祷，一次和地球母亲及天父的联系。这是祖祖辈辈传承下来的一种传统。

这次神圣的舞蹈让我感觉这样的传统是多么有力量。蒂米和我两个人都不是来自有着丰富传统和仪式的家庭。

我为这些土著人世世代代的美好、文化的传承和人民的喜悦而着迷。诺玛似乎也同意，"这些神圣的仪式一定意味着什么。"我跪坐在诺玛的轮椅旁，她惊讶地跟我说道。

回到野营地后的几个小时，我们都明显地感觉到自己的心脏还在跟着北边二十英里外的鼓点节奏跳动。经过这激动的一天，我感到筋疲力尽，浑身酸痛。听着蒂米、马克和诺玛回忆今天经历的一切，我就坐在房车的地板上，放松两条腿。诺玛闪闪发亮的眼睛让我回想起在军用运输列车上的年轻女孩。在生命的尽头，诺玛寻求着冒险，到未知的全国各地去旅行。这是诺玛七十年后的又一次冒险，她就坐在我对面的轮椅上，脸上疲惫又灿烂的微笑让皱纹显得更加明显，而她还要接着去探索一个个未知的地方。

那天晚上，在诺玛自己定的九点钟睡觉的那个时刻，我握着她的右手，而她的另一只手抓着手杖。好像也没有什么地方可以去，我们就开始唱歌，然后跳舞，一直跳到房车后面，这种感觉真好。在接下来的那天晚上我们又照常进行，然后好几个晚上也坚持这样做。蒂米很快也加入了我们，之后便是我们三个人手拉着手，一起开心地唱歌跳舞。最后，这种简单的活动不经意间就变成我们家庭的传统。我们就像一位祈祷者，每天晚上都会坚持这样去做。后来我才明白，正是那天晚上我们那种突如其来的举动，让一个原本没有传统活动的家庭开始有了一种日常活动。那天晚上，诺玛也跟我们分享了她想要去一次新墨西哥的真正愿望。

第七章

治愈

佛罗里达州·迈尔斯堡海滩
十二月

[蒂米]

每个人表达悲伤的方式都不一样，对于我的父母来说，就是寂静无声。我想要和他们谈谈我年轻的妹妹史黛西，她在2008年4月份就去世了。特别是我的父亲，他总是避而不谈这个话题，这通常被认为是"绝对禁止"的。我们没有共同哀悼和纪念她的仪式。我从来没有在她生日那天或者忌日那天打电话回家，因为不想让他们任何一个人伤心。

既然现在父亲去世了，我想跟母亲谈谈史黛西。这次旅行本身也是一次提醒，提醒我们已经有了共同失去的东西。在旅途中，我们心中想起史黛西时，口中总会不约而同提起她，但这些对话仅仅是提醒我们她曾经在这个世上活过，对于她和她的生活却没有什么真切的感受。我们一直延续着长久以来的家庭传统，也就是让悲伤远离我们，而不是靠近我们。

所以，我逐渐想放弃跟母亲就这个话题来一次真正有意义谈话的想法了。直到一天下午，当我们把房车停在佛罗里达州的迈尔斯堡海滩的时候，我和瑞米在热水池里遇到一对夫妇。

黄昏前的太阳还是很暖和的，但是不刺眼。除了我们四个人以外，泳池边上没有其他人。我能闻到他们酒杯里飘来的那股强烈的热带风情的朗姆酒味，而且我从他们的对话中得知，今天并不是他们第一次喝酒。"你们来自哪里？"我们问道。他们并不爱欢笑，但是表现得很友好。我们互相介绍了各自的家乡，分享了各自在旅途中遇到的一些事情，当然，我们的旅行也包含了我的母亲。最后，他们邀请我们第二天去他们的豪华游艇上。

"但是我们必须告诉你们一些事……"他们说道。

后来我们才知道瑞克和乔来佛罗里达的原因：他们来这里是为了撒他们两个儿子的骨灰。他们的两个儿子都在二十多岁去世了，一个死于心脏病，一个也在那之后不久自杀了。剩下唯一的小儿子，他十九岁，现在就在他们的房车里。他们的小儿子也会参与到这次仪式中。这就能解释为什么他们在泳池边缺少欢笑了，而且乔那双蓝色的眼睛还流露出无限的悲伤，这些都是人被悲痛笼罩时的表现。我从他们身上能感觉到一种亲切感，就跟他们讲述我年仅四十四岁就去世的妹妹，还有不久前去世的父亲。我反省说，我的家人从来没有像现在这样亲密地聚在一起过。

我们并不确定母亲是否适合这次航行，于是我们告诉瑞克和乔，也许我的母亲没有办法去。"好吧，我希望你能跟他们说'好的'。"母亲在听到这次邀请后说道，她冒险的愿望总是能惊讶到我们。但她会和这个家庭一起哀悼吗？或者至少愿意看着他们表现出悲痛吗？"有一点得提醒你……"我们将真相告诉了母亲，她认真地听着。她没有说太多话，只是肯定地点了点头，露出表示理解的神情，同意和我们一起去。

乘船航行真是太美妙了。我们在码头相遇，从船尾把母亲扶上船去，让她坐在船板前铺着厚厚垫子的椅子上。瑞克放慢船速，谨慎地跟着标记好的通道驶过捕虾渔船，穿过桥下，到达最后一个标记点的外海区。然后他打开船舱，加速行驶，冲在迈尔斯堡海滩的海浪上。闪闪发光的浪尖就像阳光下闪耀的钻石。

瑞克在离岸后便关掉发动机，我们可以看到几英里外萨尼贝尔岛上的白色沙滩。卢克·布莱恩演唱的《喝酒》是男孩们最喜欢的一首歌，在船上一遍一遍地播放着。这家人哭笑着讲述两个男孩的生前故事，我们每个人都敬了他们一杯酒。他们还骄傲且充满爱意地讲着男孩们的成就和各自独特的性格特点。

当他们把这两个男孩的骨灰撒入大海时，船边出现了游动的海豚，天上出现了一道双彩虹。这些迹象都是这次仪式的美好象征。对于我们来说，这就代表着他们。母亲缓缓伸出黝黑且长满皱纹的手，温柔地牵着乔。在那一刻，我相信母亲已经自我疗愈了。

———————

"不，不，不，那是不可能的！"当我们一起坐在史黛西在弗吉尼亚州亚历山大港房子中的客厅里时，父亲尖叫道。那个早上，他和母亲待在房后，等着我说些关于妹妹探查性外科手术的事情。从医院回来的半小时路程中，我充满了恐惧。我进入史黛西那两层殖民地时期风格的楼房里，缓慢地走向一扇亮红色的前门，硬撑着告诉他们这个消息。

一年前，妹妹具有传奇色彩的特工机关工作和生活在一次例行牙科检查后就被摧毁了。牙科医生发现在她的舌头底部有一个白点，这让医生感到很困惑，所以为她预约了第二天的肿瘤科。就像他们说的：接下来的事大家都知道了。

对于史黛西来说，浪费了一年来做手术，接受放射疗法和化疗。在第一次手术后，我就一直照顾着妹妹。那次手术去掉了她一部分的舌头和左边的淋巴结。她是一位美食家，在这个具有决定性的牙科预约的前几天，才刚刚装修好厨房，没办法品尝食物对她来说就像是一次残忍的玩笑。我无助地看着我所认为的世界上最强大的人慢慢地沦为体弱的人。在她生命的最后一周里，我和父母看到躺在病床上的她，接着监视器、进食管和导尿管，也不能说话。

"我很抱歉，父亲，"我说道，"但这是事实。"我伸出胳膊抱住他瘦小的肩膀，但在我安慰他之前，他就从沙发上跳了起来，把我推开。

几天前，居住在各个地方的亲戚都聚拢到这里，来看望我的妹妹。在医生告诉她病情之前，她肯定知道自己就快死了。我在拥挤的医院等候室里的一本杂志上寻找相关的信息，发现史黛西的外科医生就站在我前面。早在这之前，这个消息就已经确定了。我看到这个医生穿着脏兮兮的白大褂，口罩也松散地挂在脖子上，感觉她就像出现在每周网络电视台播出的医务剧中。

"你妹妹的癌细胞扩散得很快,"医生直截了当地告诉我,"我想我们没有什么可以为她做的了。"

这句话让我很伤心。几小时前,当史黛西快要做手术时,我还握住她的手,那是李医生今天要给她做的九场手术中的第一场。我满怀希望地望着被推着经过双扇门的妹妹进入里面的手术室。"一切都会好的,史黛西!"在她身后的两扇门无声地关上前,我对她说。

"你确定吗,李医生?"我好不容易才问出这么一句话来。

"是的。你妹妹就剩下几天时间了。"她回答道,那种短促而撕裂般的声音透露出掩盖在她平时专业素养下的情感。我猜她对输掉这场手术也很伤心,毕竟她花费了很多时间来治疗史黛西。

我开始无声地啜泣起来,想要抑制住眼泪往下流,胸口却在不停地抽搐着。被无止境的痛苦折磨着,最后,我终于号啕大哭起来,每个在等候室的人都不自然地看着我。我可以看到他们眼里的紧张感,我的每一次痉挛性喘息都让他们更加恐惧,我也很恐惧。

有人叫来了一位悲伤心理治疗师,我就被她带到办公室里,一个其他人听不到我的哭声的地方。这位治疗师尽其所能安慰着我,我从桌子中间的纸盒里抽了一张又一张纸巾,擦干眼泪后开始慢慢地平静下来。但想到自己得告诉父母这个可怕的消息时,我再次感到悲痛。

我把瑞米从医院停车场里叫来,告诉她发生了什么。"我该怎样告诉母亲和父亲这个消息呢?"我弱弱地问她,"这会让他们崩溃的。"

"蒂米，你要坚强，"瑞米安慰我，"你的妹妹现在正依赖着你成为那个强大的人。"我深深地明白她说的是对的。

母亲坐在沙发上，原本瘦小的身子因为悲伤更加蜷缩了。父亲还在房间里走来走去，大叫着，完全不相信自己听到了什么。因为我告诉了他们一个任何父母都不想听到的消息：他们在世的时候，将失去自己唯一的女儿。

我二十岁的时候，就往黑蓝色德森 B210 牌的掀背车上装满自己的所有东西，然后开着它穿过国家的中央地区，开始自己在科罗拉多落基山脉的新生活。七月极其炎热的天气中，一千二百英里的路程，我就这么与自己的激情对抗着，特别是我这辆外国小车上没有配备空调。虽然我不知道谁住在科罗拉多州，但前一年我和前女友一起去科罗拉多州进行过一次为期十天的短暂旅行后，就知道自己确实是属于那里的。我不让自己回想过去，只能想着前面的新生活。

我从西部地区出发的时候，史黛西才十三岁。她是唯一在我们家中长大的孩子。在做完家务活后，她喜欢看电视里的卡通节目。她会穿着不同风格的衣服，但总是拿着玩具武器，比如一把枪、一把剑或两样都拿着。她会吹长笛，之后还加入了高中的管乐队。

那段时间里，我都没怎么回家，也很少花时间想念我的家人。在接下来的几年里，我们一起度过了一两个节假日。我很少和他们在一起，因为在博尔德就读科罗拉多大学时，我没有自己的一辆车和足够多的钱。事实上，那段时间我的生活很拮据，所以每次就给家里打几个付费电话，还让家人付电话费。

我的第一任妻子和我是在大学里认识的，毕业几年后就结婚了。我的婚礼在长峰山脉下举行，那是我第一次把妹妹当成一位成年人。她已经二十二岁了，还通过了大学的后备军官训练，当时是美国陆军的一名少尉。

她身穿军礼服，带着父母一起来。军礼服就是一套裙子、带领衬衫、夹克和一顶贝雷帽。我几乎认不出她来。典礼前，我们没有太多时间一起聊天，加上父亲在高山里呼吸很困难，她很早就离开了婚礼，带着父亲去低海拔的地方。在我真正有机会和自己进行一次成年人之间的对话时，已经是差不多十年后了。

她那些年过的又是什么生活？她作为一位爆炸物处理专家，在军队待了四年。就像我的母亲一样，她打破性别上的禁锢，志愿参加这种危险的工作，也就是负责把炸弹拆除。为了掌握在沉船中拆除核弹头必须有的技术，史黛西还在美国海军海豹突击队里接受过训练。她接受的最后一项测验就是要使沉船里的一枚模拟导弹停止工作，而这艘沉船就在靠近浑浊的波托马克河口的一处隐秘的地方。之后，她驻扎在意大利文森泽地区，时常被要求去拆除恐怖分子安装在北爱尔兰到以色列的炸弹。当她有空的时候，会开着她那辆高性能的杜卡迪摩托车，狂飙过意大利的阿尔卑斯山。

"你没有被炸过吗？"我注意到她的前臂没有长一丝毛发。

"不，我曾经被炸过，"她漫不经心地回答道，"被炸飞到距离地面一百英尺的高空。"

"你跟母亲和父亲说过吗？"

"没有。"

史黛西和父亲就像是一个豆荚里的两颗豌豆。这些年来，我大部分时间都和母亲待在厨房里，帮着她做饭、画画，给她建一个花棚，或者和她一起修理列在单子上的东西。史黛西则和父亲在枪支展销会上谈论车，讲各种疯狂的故事让他兴奋。即便这样，听到她说没告诉父母这件事也不让我感到惊讶。这个回复是我们家的特点：你不知道的东西不会伤害到你。

仅仅是工作上的奉献还不足以让她提升到上尉军衔。实际上，史黛西很多次都被派去支援男性同事。后来她意识到自己在军队里的表现已经击碎了所谓的"军旅瓶颈"。

同一段时间里，妹妹接到审查罗纳德·里根总统礼物的任务，她和几位特勤局的特工有过接触。他们看到她身上具备的能力，鼓励她去特工机关工作，刚好那时候特工正在积极招募女性。妹妹服役期一结束，就辞掉军队的工作，回到美国应聘。

她和父亲的兄弟一起住在俄亥俄州的多伦多。在办理安全手续将近一年的时间里，妹妹就在一家工厂里担任守夜人。史黛西是特工机关考虑接纳的第一个领养长大的成员。我们家里的每一个人，包括我们的亲生父母，都需要被彻底地盘查，确保她不是外国的间谍。她在1990年成了一名特工，而我们所有人都必须登记在册。

妹妹很快就升职了。在多伦多做军官的第一次任务期间，她负责调查假冒和欺诈案件，坚持逮捕涉案的三名特务。在工作两年后，她就被任命保护阿肯色州一名为总统办事的年轻官员。

1992年，我已经在夏威夷州待了五年了，这期间没有和史黛西见过几次面。我有时候会打电话，和她聊聊跟一个总统候选人一起工作是什么样的生活。那时候政治竞选正在全面展开，也经常在各大电视台的新闻广播中看到比尔·克林顿。

"为什么我从没有看到你在保护着这个人呢，史黛西？"我挪揄道，"他总是独自出现在电视上。"

"我就在那里，只是你看不到我而已，"她回答道，"我的任务就是不被注意到。"

"对，就是这样。"我嘲讽地反驳道。

"好吧，我会告诉你的，"她最后说道，"看今天晚上的全国新闻，找到我在哪里。"

那天晚上，我就照妹妹说的那样，如实地看着晚间新闻。新闻的最后三分钟，是关于克林顿当天的事务报道。镜头还拍到了这位候选人站在台上，背后除了一面美国国旗，什么都没有。噢，等等，我刚才看到了什么？在国家电视台各种竞选镜头拍摄中进进出出的，就是我那个一本正经的妹妹！

不久之后，我的婚姻开始出现问题。我给史黛西打电话的次数越来越多，和她交谈，也寻求她给予我精神上的支持。绝对保护哥哥的妹妹是传统上角色的颠覆。她是一个坚强、实在的人，有着一份举足轻重的职业，当然比我更适合那个角色。

不久后我离婚了，我被迫抛下一切离开夏威夷，再次出发重新开始我的生活。但我能去哪里呢？这些年来，我将与家庭间无意中形成的隔阂抛在身后，这让我突然意识到我真的是无处可去了。我不得不去问问我的妹妹。尽管长大后我们很少待在一起，但史黛西毫不犹豫地说，只要我需要的话，可以搬进她的新房子里和她一起住。

"你要知道这是一张去新泽西州纽瓦克的单程票。"站在美国联合航空公司柜台后的票务员不相信地对我说道。此时我正在檀香山国际机场检查着两个大行李袋，里面装着我离婚后的所有东西。"现在是二月末，那边还很冷。"航空公司的票务员补充道。

"是的，我知道。"我咕哝着。

我的妹妹刚被调到纽瓦克外地办事处，实际上就在新泽西州的莫利斯敦，因为纽瓦克很明显对特工机关来说太危险了，她在我去的前几个星期就到了。当我走进妹妹的双层公寓时，搬家公司各种大大小小的箱子都堆在旁边。这个公寓很明显是从老式的莫利斯敦大厦中划分出来的，和工作总部之间就隔两条街的距离。

我几乎是一无所有地来到这里的：没有车，没有工作，没有朋友，没有尊严。我拆开妹妹的箱子，把里面的东西都放进新房子里。我还拆开了自己带来的行李，里面全是满满的情感回忆。傍晚的时候，史黛西才下班回来，这时候我们会一起喝点酒，彼此都放松下来。我完全可以想象史黛西的工作很有压力，即便是不在贴身保护总统的时候。

那时，互联网还在发展初期，但犯罪分子们正在寻找着利用它的途径，以此来谋取自己的利益。妹妹对互联网的兴趣让她参与到特工机关新成立的网络犯罪部。几个月后，我离开了她以及新泽西州，那时候她正在为犯罪分子设一个计算机公告系统上的"虚拟空间陷阱"。她付出所有的努力，最后逮捕到七个州的罪犯，攻破了一个用各色花样进行手机连环诈骗的组织，这个组织每年的利润是三十亿美元。

史黛西在特工机关工作的最后七年里就待在华盛顿，其间，还担任过不同的职务。在那段时间里，她负责十五位外国总统和九位国内各州州长的详细事务，有一些还是在不同的国家，比如印度、乌干达和尼加拉瓜。她在尼加拉瓜山和前桑迪诺叛军轻松自如地抽着烟，就像她会见国王、总统等国家领袖或教皇那样。她一直就像钉子一样坚韧，是一个硬骨头，也是我的英雄。

而我就要失去她了。我们都知道，但从不谈及。这就像我们失去她两次了：一次是在她死去的时候，一次是在我们的沉默中，让她的人生也死去了。我们没有用回忆来填补她离去后的空缺，反而因为她的逝去让我们各自陷入自己的悲伤中。

父亲从来没有在病床上表露过自己对史黛西死亡的情感。这些年来，实际上每一次能让父亲袒露对她感情的机会都浪费了。他就这么离开了这个世界，没有说什么史黛西的事。母亲想要谈谈她深爱的女儿吗？是因为父亲的心碎，她才保持沉默的吗？

尽管我想要和父母谈论史黛西的事，但我知道我和他们之间的感情变淡了，这是我们每个人的错。这么久以来，我们一直独自过着自己的生活。我与家人之间的隔阂，就像几堵墙间的距离。因为史黛西的去世，几堵墙上凿开了个洞，但这远远不够。我们没有在这样一种生疏的感情下一起生活的经验，也没有可以让我们疏通彼此间各自孤独和悲伤的方法，直到我们遇到了为儿子撒骨灰的瑞克和乔。

我们要待在迈尔斯堡海滩三周，在这段时间里，瑞米和我早上出去海滩边散步。每次回来，我们都能看到母亲和乔坐在房车外的阳光房里聊天，我们没有去打扰她们。她们是两位失去孩子的母亲，没有一位父母想要失去自己的孩子。有时候，她们会安静地坐在一起，有时候在佛罗里达那温暖和煦的微风吹拂下，她们就在敞开的窗户边小声地说着话。我们能听到她们心中的悲痛、决心和信仰。

瑞克和乔真实地表露出他们的悲伤，没有伪装，也不需要假装强大，不需要害怕在表达自己无尽的悲伤中迷失了方向。这场旅行到目前为止已经给予我们一种家庭的快乐，这些年来我们第一次看到母亲的笑容、天真和冒险精神。但我们仍然不让她喝烈酒。瑞克和乔向我们证明了，一家人一起悲伤也是可能的。他们真实的悲伤和纪念告诉我们，如果我们放任自己，在表面上装作没什么问题，其实我们的内心一直装满了感情，会遭受更多的痛苦。没错，只有更多的联系和爱意才是解决悲伤的良药。

看到母亲和乔，我才明白我们一直在独自表达着自己的情感。也许和母亲一起悲伤并不是意味着一起哭，而是意味着更多巧妙的方法——牵着彼此的手，信任对方，有那么一刻看着彼此的眼睛说道："我懂你，也知道你在经历着什么。"在妹妹和父亲去世后，我从来没有看到母亲掉过一滴眼泪，但是那天在船上，在两位母亲低声咕哝后，我感觉到母亲改变了。她内心的悲痛开始从原本一直压抑的地方慢慢释放出来，在乔温暖的怀抱中得到了抚慰。我同样明白既然母亲能治愈乔内心的悲伤，我也可以。我们可以一起疗伤。

第八章

飞行

佛罗里达州·奥兰多
一月

[瑞米]

初遇时，我曾向蒂米提出过两条原则，直至今天我们仍在遵行。一是承诺我们所做的决定都是为爱驱使，而非受恐惧逼迫；二是我们要过没有遗憾的生活。"没有本要、本会、本应该。"我总和他说。这句话是我们婚姻中的口头禅，如今也成了我们这个移动疗养之家的格言。

七月份，蒂米和我翻遍了所有从报纸上剪下的广告，我们悄悄做了一个约定：我们要带诺玛坐一次热气球。但事实证明，这个目标比起初设想的更难实现。在穿越美国西部及西南的那段时间，我反复思考过这个愿景，然而我们计划的旅行路线中没有任何热气球项目是对老年人开放的。

十一月来而复去，圣诞节转瞬将至，我为诺玛做的热气球调查却依然没有什么进展。但我并没有因此而放弃，甚至越发下定决心要找到让诺玛飞起来的方法。可是该怎么做呢？有些公司允许她坐上拴在地面上的热气球，但我感觉这样不行——她需要的是飞行！其他公司有提供不固定在地面的热气球，然而他们的吊篮里没有座位。这点非常重要，因为我知道婆婆没有站着超过一小时的力气。不过即使我找到了有座位的热气球，她怎么进入吊篮还是个问题，她不可能靠篮子上的蹬脚孔自己爬上去。

真的有适合她的热气球吗？我不禁自问。热气球的吊篮上会有门能让我们把她的轮椅推进去吗？我有许多疑惑仍没有答案。各种各样的场景我都设想过了：也许诺玛可以坐在吊篮里的凳子上看外面的风景？那样做安全吗？但最后我总会回到如何让她进入吊篮这个最根本的问题上。我搜遍了互联网，四处打电话咨询，一直在不断地碰壁。这不仅是因为诺玛身体状况的限制，还因为目前我们只有飞行时间和飞行地点的大概计划。

由于我们可能在佛罗里达度过整个冬天，我把搜索的重点放在了这个阳光之州。在佛罗里达德斯坦附近，亨德森海滩州立公园一个安静的营地里，我坐在帘幔帐篷下，兴奋地摘记下电话号码，开始逐一联系。经历过数次失败的尝试后，终于有一家热气球公司在铃响第一声后接通了我的电话。"你好，这里是汤普森艾尔飞行公司！我是杰夫，有什么需要为您效劳的吗？"洪亮的声音从手机那头传来。得到温暖周到的客服服务，我很快放松下来，跟这个似乎非常友好的男人聊了起来。

"我婆婆今年九十岁了，我想找个办法送她坐上热气球。我看到你们有带座位的热气球，我想多了解一些相关信息。不过首先我想问，计划这样的冒险是不是太疯狂了？"我一口气说了一大堆。

当我跟杰夫交谈时，葛文德①医生关于平安与自主权的思考浮现在我脑海中。葛文德在他的著作《最好的告别》（Being Mortal）中写道："我们在对待病人和老人上最残忍的失败在于没有意识到他们有比平安长寿更加重要的考量；塑造自己故事的机会对于维持人生的意义举足轻重。"我记得几个月前第一次读到这一段话的时候，我赞同地自语道："正是这样！"但我也很想听杰夫如实介绍一切，这样我才能确保我们没有将诺玛置于危险之中，她的故事才能以美好的方式被塑造。

杰夫对热气球飞行的热情在我们的细胞间引起了共鸣。他以一种高亢的声音和自信的语气，飞快地向我介绍他从十五岁就开始操作热气球了，并表示他和家人可以让诺玛梦想成真。他跟我分享他的最新成就是被评上美国热气球联盟的最高飞行员成绩等级——成为美国仅有的达到此水准的三十二名飞行员之一。我可以感受到他对实现梦想的热忱，他让我相信面对我们家的挑战，他准备好了。或许真有可能，我且允许自己这样想。

杰夫详细地介绍了他的安全记录，然后开始跟我说起自家的优点。"和大多数热气球不一样，"他告诉我，"我们公司的热气球

---

① 阿图·葛文德（Atul Gawande），美国著名医生，白宫最年轻的健康政策顾问，影响奥巴马医改政策的关键人物，他是哈佛大学公共健康学院教授、哈佛医学院教授、世界卫生组织全球病患安全挑战项目负责人，《时代》周刊2010年全球100位最具影响力人物榜单中唯一的医生。

有座位，所以诺玛可以非常舒适地搭乘，完全没有问题。"在提出接下来的问题前，我深吸了一口气："那她如何才能进入吊篮里呢？"

"别担心，瑞米。我保证，她能进去的。"杰夫像个老朋友似的向我担保，"我最近才用我们公司的热气球把一个六百五十磅的男人送了上去，而你说你的婆婆轻得像根羽毛，她肯定可以飞的。"于是我开始安排时间，蒂米和我还为此制订了一个计划。

离圣诞节仅有几天时间了，我们决定在圣诞节早上给诺玛一个惊喜。"天哪，我希望她还没有改变主意。"在当地的杂货店选购手工材料时，我担心地向蒂米说道。作为典型的节俭型旅行者，我们一般不会把钱挥霍在如此昂贵的消遣上，但我们一直在说服自己乘热气球的花销是值得的。

然而，当蒂米和我把一个儿童充气球与彩色硬纸一同用遮蔽胶带黏合成简易的热气球时，我的担忧很快被孩子气般的兴奋所取代了。蒂米做了一张"搭乘券"，我把它塞进自制的编织篮里。这次我们要大干一场了。热气球之旅将是对诺玛和雷欧的致敬，毕竟这是他们渴望已久的梦想。

到了圣诞节早上，像其他兴奋的家长一样，我和蒂米蹑手蹑脚地绕着房车，窃语轻笑，匆忙地在诺玛起身前把热气球挂在餐桌前她的座位上。早上九点整，诺玛乘着轮椅打开卧室门，头戴一顶圣诞帽，像雷欧在圣诞节一贯爱装扮的那样。这天音响里放的不是《祝你圣诞快乐》，而是我们早就准备好的美国第五维度合唱团的一首《飞，飞得更高更远》（ *Up, Up and Away* ）。

渐强的弦乐声和 20 世纪 60 年代的和声，让我们早已热切的心情愈加亢奋。诺玛笨拙地来到房车前部，蒂米和我开始轻声跟着唱片哼唱。在这首不适合做圣诞节主题曲的曲子结束后，我们依旧扯着嗓子高歌："飞，飞得更高更远！"

"这是怎么啦？"诺玛诧异地问道，声音里带着一丝陶醉。她坐到座位上，从我们仿真热气球的吊篮里取出字条，"这是什么？"她又问了一遍。

我们面带微笑，等着她读字条上的内容。我的脚在不由自主地敲击着地板。餐桌下，蒂米紧紧攥着我的手。"我们真的要去乘坐热气球吗？"她说，握着双手，欣喜地托着下巴。

"对啊！"我肯定道。

"噢，哇，"她惊呼，"我简直不敢相信！"

早餐期间，我们不得不向诺玛再次确认，我们真的会去乘坐热气球。"一月二十日就是飞行的日子！"我向她保证。她高兴得整个人都晕乎乎的了，完全沉浸于梦想真的即将实现的兴奋中。

"我想我们在这件事上花钱花对了。"那天晚些时候，待到太阳落山，所有欢笑都沉静下来后，我对蒂米说道。说这话时，我忍不住笑了，我想起了惊讶和洋溢在她脸上的喜悦之情。

"是啊，这钱真是花对了。"

————————

在去奥兰多乘坐热气球之前，我们还得在佛罗里达边界一带再待上几周，住上几个宿营地。由于之前不能提前做好在佛罗里达过冬的计划，我们没法在一个地方持续停留。不过情况还算好，似乎冥冥中，史黛西回应了我八月份的祈祷。冬季，仅仅通过回购别人取消的订单，我们东一个西一个地东拼西凑了八个不同的房车营地、州立公园及野生动物保护区，成功拼凑够了十二月一日至次年三月一日的租赁权。于是我们便在这儿待几周，在那儿停几天。每到一站，诺玛都要寄出明信片写道："一月二十日我就要去乘坐热气球啦！"

一方面，我很高兴看到诺玛兴奋地充满了期待，但另一方面，每次看到她寄出明信片时我又会显得很紧张，因为担心最后我们可能去不成，假如天公不作美，假如她的健康状况不够好，假如我们没法保证一大清早让诺玛沿着正确的方向飞。"别想了，"我告诉自己，"担忧、恐惧和焦虑都是对积极能量的绝对浪费。我知道，这是我的信条。"

我们同瑞克和乔在迈尔斯堡海滩为庆祝新年干过杯，于一月中旬前动身前往靠近奥兰多的湖畔神奇房车度假村。度假村里挤满了到温暖的佛罗里达中部来过冬的退休"雪鸟"①，这些人绝对是一帮"晴天派"，因为每个人似乎都有一辆为防止变天，配备带拉链的塑料外罩的电动高尔夫球车。看着营地里四处行驶的遮雨"泡

---

① 雪鸟（Snowbird），学名暗眼灯草鹀（Junco hyemalis），栖息于北美的温带地区，冬季南飞过冬，美国俚语中借指冬季到南方过冬的旅游者。

泡"增多，我们可以感受到乘坐热气球的日子越来越近了。

可是，唉，老天还真下雨了。一月份的第一个星期里，我们遇到的天气尽是下雨、刮风、下雨，还有更多的雨。每天，对乘热气球旅行的担忧都会悄悄涌入心间，我每天都在努力排解这种担忧。诺玛却一点儿也没受到影响，继续寄她的明信片。

到了约定的那一天，空气清新，天蒙蒙亮我们就醒来了。早晨的天空晴朗，和风习习，我几乎不敢相信，这简直就是老天为热气球旅行准备的完美日子。后来我们得知，在预约日子的前后三天，所有热气球旅行计划都因为恶劣的天气取消了，唯有一月二十日这一天，阳光一直照耀着。

天亮之前，诺玛就起床了，今天她比平日里醒得要早许多。她快速穿上衣服，将自己层层裹住，以抵抗早晨的湿气。蒂米和诺玛在出门的路上喝了一杯脱因咖啡，想到热气球旅行之后有一顿丰盛的自助餐等着，我们都没有吃早餐。在黎明的微光中，我们行驶十分钟左右就抵达了位于某餐馆停车场的约定会面地点。

停好车，我们正忙着把诺玛接出吉普车，一位名叫格伦的颇有魅力的英国人向我们打招呼。他的身高约有六英尺半，轻而易举地就将诺玛娇小的身躯举起来。诺玛从我们随身携带的踏凳上下来时，格伦给了她一个大大的微笑。"我随时准备在需要的地方伸出援手。"他向我们保证。

紧跟在格伦后面的是汤普森全家。杰夫和他的兄弟乔恩是那天早上的两个即将飞行的热气球的飞行员。他们的爸爸妈妈也在，帮着格伦一起照管地面的情况。虽然他们在身材上没法与格伦相比，但热情却不逊于他。"欢迎来到您的梦想之旅！"自见面起，他们一遍又一遍地说着。

在一些免责条款上快速签完字，我们很快被带上了一辆带着公司彩色标志的面包车，向着起飞点出发。

太阳终于从东方升起，在蔚蓝的天空里涂抹出灿烂明亮的条纹，先是金黄与粉色，再后来是橘色。丙烷储蓄罐里喷涌出火焰，呲呲作响，扑向巨幅尼龙褶布围着的开口。诺玛留在车上，被一月份凛冽的空气冻得牙齿打战，眼里闪烁着足以与这壮丽风景相媲美的兴奋光芒。蒂米乐呵呵地跑去给地勤人员帮忙，我则干起自己的拿手工作：用忠诚可靠的佳能60D拍了许多照片，希望能照出一张佳作。

原本皱巴巴的一堆尼龙布在我们眼前渐渐鼓成七层楼大小。热气球上的彩虹条纹仿佛从灿烂的朝霞中抽出了色彩，取而代之成为早晨的天空中最亮丽的风景。

"我们这边一切就绪，诺玛，你准备好了吗？"康妮，杰夫的妈妈，冲着面包车打开的推拉门喊道。

"好了，但我怎么进入吊篮呢？我的腿抬不高，不能爬的。你们确定我能行吗？"诺玛担忧地大声说着。

就在这时，格伦走了过来。在这个魁梧的英国人身边，诺玛看起来比任何时候都要瘦小。他弯下腰，漂亮的蓝眼睛盯着诺玛的眼睛，用迷人的英国口音问道："我能抱一下你吗？"说着，他举起她走了两步，然后，用她的话说，"扑通一下"将她放进了柳条吊篮，诺玛还没反应过来就情不自禁地大笑起来。

诺玛在吊篮里坐定，我们也从对格伦刚才的举动的捧腹大笑中恢复过来，最后做了一遍安全检查，便准备起飞。这是我第三次乘坐热气球，这一次我会把更多的时间和注意力放在观察亲爱的婆婆身上，关注她胜过其他任何事物。我突然意识到自己正试着悄悄溜进她的眼睛，去从她的视角欣赏风景，去更准确地感受她当下感受的一切。

还记得我们整理遗物时，从雷欧的《圣经》中飘落出来一张剪报，剪报边缘都被翻起了毛边；又记起还有那张多年来未曾被我们注意到的、用牙医诊所的磁石粘在冰箱上的剪报；记起在他们狭窄的厨房里，那块专门记载重要事情的大白板上，隐匿在一堆事务底下的又一张剪报；还有一张，就埋没在2014年的一份税务档案里。这一张张剪报都是关于热气球旅行的。

葛文德的妙语感悟一遍遍在我耳畔回荡，这种回荡不全是词句的重复，更多的是情感上的共鸣。我感觉到，自蒂米与我立下约定要带诺玛乘坐热气球以来，所有堆砌的恐惧开始渐渐消失。通过诺玛的眼睛，我可以真切地看到自己执笔书写人生是多么美好，以及面对生命的终结，不以安全为优先考量因素的经历是多么有意义。当我们缓缓离开地面时，我发现诺玛在深深地呼吸。或许有一次深呼吸是为了雷欧，又或许她想更加细致地品味当下这个瞬间。

热气球载着我们升向云霄，诺玛激动得两眼发光，脸颊染上了一层玫瑰红色。她在惊讶中张开嘴巴，仰头望着加热空气升高气球的燃烧器；然后凝视着远方正在升起的太阳，以及从热气球底下飘过的树冠，她的面容前所未有地放松。随着我们越升越高，喜悦和宁静在她的整个面孔上舒展开来。那些美妙的瞬间，我没敢探听她内心的想法，那是属于她的瞬间，不属于我。我放任自己同飞行旅伴们一起陷入一阵舒适的沉默，享受失重所带来的深深的、无言的满足。

　　轻巧地飘游在早晨的天空里，我们飞过了美轮美奂的迪士尼乐园，飞过了散布着米老鼠形状的沙坑的高尔夫球场，还有高峰时段马路上拥挤的车流。每次烧着丙烷的喷火器在我们头顶喷出一团火焰，我便感觉胸中有一股爱意在膨胀，不受下方纷杂的事情所干扰。

　　最终，还是诺玛打破了静默。她戴着手套，双手轻轻搭在吊篮的皮革包边上，脑袋和肩膀裹进手织的晨祷披巾里，明媚的阳光照亮了她的脸庞。她全身闪闪发光，像这热气球一样。她抬头望着蒂米，脸上露出灿烂的笑容，她说："你爸爸一定会喜欢的。"

第九章

影 响

佛罗里达州·圣奥古斯丁海滩
二月

[瑞米]

　　二月下旬一个晴朗的上午，我和蒂米一早就躺在房车前的充气床垫上，浏览收到的电子邮件和脸谱网上的留言。这时我们正落脚于布林莫尔海洋度假村，住在可以眺望大西洋的佛罗里达北岸的沙丘后面。听着海浪拍打着沙滩，海鸟唱着歌，我们的眼中泛起泪花。

　　"一颗心有可能承受得起所有这些爱吗？"蒂米问我。

　　短短几周时间，我们的影响力不断扩大，到现在甚至覆盖了整个美国乃至全世界。一方面，我们如今所待的房车营地里，大多数人都是自顾自生活，不相往来。我们除了跟几个喜欢我们林果的拉布拉多贵宾犬的主人交往外，没有像之前在别处那样跟许多人建立联系，在这里我们默默无闻。另一方面，那些听说过我们故事的读者的邮件和信息突然开始大批大批地涌入我的邮箱和脸谱留言处，这一切就像做梦一样。

我们读了每一条信息。

康涅狄格州一个足不出户的女人来信感谢诺玛，让她终于迈出了家门，开始新的生活。

肿瘤医院的一名护士写信告诉我们，她希望能有更多晚期老年患者放弃让人衰弱的创伤性治疗，安详地去度过最后的日子。她表示，传统的医学智慧或许可以让病人多活几天，然而以她的经验，"剩下的那些日子里也不会再有快乐"。

一个家庭写信告诉我们，他们在读了诺玛小姐的事迹后，共同计划了一次长达十四天、六千三百英里的公路旅行。"我们想尽我们所能，好好地生活。"他们说。

我们收到了来自西澳大利亚州珀斯市的祝福，收到从阿根廷发来的热情拥抱；还有人问能否叫诺玛"奶奶"，因为他自己的祖母在不久前去世了。这样温暖的消息还有许多许多。

蒂米没有夸张，我们的心满得似乎随时都可能爆发。得到世界各地那么多人的支持，为我们的生活注入了新的能量，除了支持和鼓励，还有其他方面的信息也不断涌现。许多人在这里倾诉他们最深的恐惧、创伤和渴望，他们向我们讲述诊断的经历，陪护中遇到的困难，以及自己的遗憾。他们同我们分享内心深处的愿望——希望最终实现梦想之旅，希望与最近去世的父亲和好，希望告诉某个人"我爱你"。骤然间，我们强烈地意识到自己卷入了一场关于生命的意义、病痛、衰老以及爱情的国际对话。于是我们匆匆忙忙地学着敞开心扉，去承受这许许多多的真情实感。

不过最初情况并非如此。一开始我们焦虑恐慌，害怕在关注和责任的浪潮中迷失自我。

———————

520，是我们旅行进行了六个月时在脸谱网博客上的点赞数，它们大多来自亲戚、朋友，以及或在沿途营地里，或在流动餐车前排队时，或在国家公园周围巡游时遇到的热心人。

博客开通后大概两个月，我们一直停在了 83 个"赞"上，直到一个朋友决定帮我们拉人气冲击 100。她请求她认识的每一个人来"赞"我们的主页，而我们也承诺向第一百位点赞的人送出一张落基山脉的明信片。虽说我们并没有多么热衷于自我吹嘘，但是，好吧，三位数看起来总是不错的。

旅途有的时候会很艰难。照片和欢乐时光是真实的，可全天的看护，无论在什么情况下都不会全是彩虹和蝴蝶，我们的生活方式也因此发生了很大的变化。虽然蒂米和我依然在路上旅行，但带着诺玛，我们不能再像原来那样生活了，不能像以往那样在日出前跑到某个国家公园里徒步十英里或十二英里。如今我们会等着诺玛起床，然后查找允许轮椅通行的景点路线，希望她能在冒险中找到乐趣。我们会担心她吃得不多、睡得不好。如果诺玛感觉良好、精力充沛的话，我们就计划一起出游。如若不然，便安顿下来读书或是玩智力拼图。她是我们关心的首要大事，她的情绪和健康状况决定了我们所做的一切。

当我们两人当中有人因为淹没于看护工作而开始"情绪低落"，甚至质疑当初决定放弃部分迄今为止在生活中创造的自由的时候，我们就上脸谱网看看那十多个花费时间为我们的帖子点赞或评论的人。尽管他们自己并不知道，那些早期的支持者对于我们而言就是啦啦队，鼓励着我们在感觉没法继续前进的时候保持激情。

　　所以在佛罗里达圣奥古斯丁海滩一个刮风的早晨，我决定给我们所接触的为数不多的网络平台之一——爱邻舍福音网（GNN）写信。无论什么日子，脸谱网上那520名粉丝的"赞"和支持大大鼓舞着我们的心情，激励我把爱传播得更广。我想也许GNN可以发布我们的故事，能让更多人看到。

　　几天后，我收到了一封要求面谈的电子邮件。在回复以前，我问了问诺玛和蒂米的意见。

　　"亲爱的，对这些公众化的事情我不感兴趣。"蒂米随即表示。

　　"我是个喜欢清净的人，再说了，除了那些已经关注我们的人，也没有人会真的在乎这些事。而圈子里的朋友该知道的都知道了。这么做真有必要吗？"经过一段时间的停顿和深思，看到我眼中的兴奋，或许想起了我想为改变世界做点什么的愿望，蒂米终于松口了，"我想我们可以看看事情的发展。不过你不会透露我们的姓氏，是吧？要是没有人读信，那就说明没人需要这些，行吗？"

　　"行。"我同意了，但心里偷偷祈祷着千万别是这种状况。

　　诺玛只是简单地问我："你觉得可以吗？"

　　"我一点儿也不知道，"我告诉她，"但我们说出来的都是事实，而且我们也见过有人因为你的故事受到激励。想想那520个一直关注我们的人吧，我们三个加起来也不见得认识 520 个人呢。"

"这倒是事实。"诺玛打趣道。

"你给人们带来希望，让他们的脸上露出笑容，我打赌还会有更多人喜欢你的故事。我认为把快乐传播给世界是件好事。"

"的确。"她赞成道。

我们一起看了 GNN 网站上的一些故事，读了《收容所里的童话婚礼：流浪情侣大惊喜》《生人团聚基金助力：七十载后"二战"老兵再见恋人》，还有《脑瘫男孩坐轮椅称霸滑板公园》。

"现在，我感觉你的提议绝对是件好事。"诺玛对网站的兴趣不断增加，我们一致赞同世界上再多点福音也没什么。

"这对爱邻舍福音网来说只是一篇小小的文章，不是什么大不了的事。"我继续说，"但是有言在先，如果你不愿意，我就不接受采访。百分之百由你来决定，诺玛。"

最后，她同意在我的帮助下回答邮件上的三个采访问题。

我俩坐在房车的餐室里，想到眼前的问题有些晕头转向。

"诺玛对我们的读者有什么建议吗？"一个问题这样写着。

"每天祈祷，即便在你感觉自己不能自理的时候也要坚持，上帝会照顾你的。"她说。

"诺玛对于保持积极的心态有什么建议？"

向来不讲长篇大论的她简短地回答道："每天继续前行，就这样。"

"关于痛失一生所爱，你如何处之？"

她答道："讲故事，真的，真的很有帮助。"我知道这是在迈尔斯堡海滩时受到了瑞克和乔的启发。

第二个礼拜日，手机响起的口哨声提醒我收到了新邮件。是GNN，他们来信通知网站刚刚发布了《诺玛小姐的旅途》，希望我们喜欢。我打开电脑，发现已经有550个赞了，也就是说不到一小时，我们涨了30个粉丝！不一会儿粉丝数又跳到了673个。我每刷新一次页面，这个数字便会迅速增加。到晚餐前，我们已经获得了1800个"赞"。那晚我们终于要上床睡觉的时候，收到了纽约CBS晚间新闻的消息，他们想要做一个专题报道。

　　我们本来计划好了第二天去圣奥古斯丁市的圣马科斯堡，在那儿同当地的亲人密友会面。然而我未能跟家人一起去了解西班牙对早期佛罗里达的影响，而是靠着具有三百二十一年历史的古堡的堡顶大炮，跟纽约的CBS新闻制作人考特尼谈话。

　　"五分钟前，你们博客上的点赞数总计已经达到四千，你以前想过会出现这种情况吗？"考特尼问我。

　　当我站在那儿，一只手拿着手机，一只手捂住耳朵以隔绝风声和班级旅游中五年级的孩子们发出的喧闹声时，我可以诚实地说我连一丝这样的想法都没有过，我也不知道以后会发生什么。

　　我和考特尼聊了大约四十五分钟。我们聊到了热气球、海豚、死亡、大峡谷、癌症，还有一位无意中触动全国人民心弦的可爱小女士的精神。考特尼真诚可亲，我能轻易想象出邀她共进晚餐的情景。与此同时，我意识到这次对话可能会改变我们的生活。长久以来追求真实是我们旅程的主要动力，因此我直言道："考特尼，我必须告诉你，诺玛是个很害羞的人，老实说我不知道她是否能做出好节目。如果这个专题没有任何意义，我们不会介意。因为对我们来说，她才是最重要的考量，任何名声也比不上。"

谈话的最后没有达成任何承诺。她"要和她的人商量"，而我自然要和我的家人商量。没有开过家庭会议，我是不能随便接受网络电视采访的。

"也许你想知道，"临将告别时，考特尼说，"现在你们有5200个赞了。保持这个势头！很快我们会再谈的。"

脸谱网上的点赞数仍在增长。GNN的人告诉我们，《诺玛小姐的旅途》是他们网站浏览量最高的专题报道，超过五万次点击。追随其后的是《中国招募：专业熊猫抱抱员》。天哪，诺玛怎么可能比一窝可爱的熊猫宝宝还受欢迎？

然而随着这些数字的增长，我们的焦虑也在增加。事实上，我和蒂米的共同感受更像是恐惧而不是兴奋。

五年前决定远离媒体时，我们希望能够选择进入自己生活的信息，而不是被动地吸收推到眼前的所有消息。关于恐怖主义和枪支暴力、政治和丑闻等负面报道所带来的冲击已然变得过大，这些信息折磨着我们的神经，开始影响我们的思想。所以我们不再看新闻，也不再读报纸和杂志，甚至屏蔽了脸谱网的新闻推送。

而现在，我们就是新闻。更甚于此的是，如今有成百上千的人写信来电，要求加入我们的生活。

我的任性放肆毁掉了我们大家的生活，每收到一个新请求，每获得一个"赞"，我便要为之哀叹。我剥夺了家人的隐私，也重创了诺玛和蒂米对我的信任。我创造出一个我不知道该如何停止的怪物，甚至夜里躺在床上听着自己的心跳也让我不安。

蒂米生气了，非常生气。"你应该知道会发生这种事的。"他一遍又一遍地说着，"我们得停止发帖了。删除脸谱网页面，让它消失。我们不能再这样下去了，妈妈的情况不允许这样的。"

我都做了些什么啊！

———————

消息仍然是每小时成千上万地涌入，我们勉强跟上发信速度。渐渐地，我们也意识到这种突然性的关注并不局限于美国。有来信说："欢迎来荷兰，到我们家小住，赏郁金香。"有人从加纳利群岛写来信道："谢谢你们为世界传播和平。"此外，爱尔兰有人送来问候，肯尼亚有人发来邀请，日本一位年轻妈妈向她十个月大的宝宝分享了诺玛的照片。法国、韩国和巴西的电影摄制组都恳求加入我们的家庭，跟拍我们接下来的旅行。

尽管如此，我还是告诉自己，我所要做的一切就是停止在诺玛的脸谱网上更帖，然后所有关注也会随之消失，我们便可以回归"正常"了。应该就这么简单，对吧？

大多数的下午时光，我和蒂米会去圣奥古斯丁海滩的木板道骑车，沿着紧实的沙丘上上下下，徒劳地尝试在媒体的请求、数百种不同的邀约和真情实意的消息之间喘上一口气。海风吹拂着头发，广阔蔚蓝的海水带来些许清明与悠闲，我们要通过骑行来下定决心拒绝电视台脱口秀节目的邀请，将彼此间的关系置于首位，从目前的窘境中摆脱出来，寻找我们自己的快乐。

"再去码头绕一圈怎么样？"蒂米在我身旁边骑车边说道。也许我们蹬得够快的话，就可以把我们对于被利用的恐惧，失去隐私的恐惧，把诺玛置于险境的恐惧，以及对着互联网向我们袭来情感洪水的恐惧，所有这一切都抛诸脑后。

一天傍晚，我拾起一本《读者文摘》，那是诺玛最近从房车营地的公共图书馆用一本很刺激的悬疑小说换来的。翻着一页页破旧的杂志，我看到了一幅漫画，画了一只头戴绒线帽，拿着杯子在街上乞讨的家猫。它的纸板上写着："过气的前任油管网红。""这就是我们，"我用最安心的声音说道，"我们就像那些猫咪视频一样被疯狂地四处传播。最终潮流退去，流落街头，一切回归正常。"

带着对下一个读杂志的人的歉意，我们把这一页撕了下来，留作记号，提醒自己这些都会过去的。

但我们真想要让它过去吗？

　　每条新消息，每次关于当前情况的家庭谈话，都让我感觉到有一缕微光亮起，照进我们心里。

　　"最近我爱人的父亲因为癌症去世了。是你的故事陪着我面对悲伤。"

　　"我在我工作的养老院和老人们分享你的所有帖子。你激励了他们享受自己最后的时光。"

　　"你在填补媒体的空白。"

　　"我是一名医生。读过你的故事后，我打算给我的病人不同的建议。"

"和父母坦白自己性取向问题后，我度过了非常糟糕的一天。当我感觉再也活不下去的时候，看到了你的照片，我的痛苦突然减少了。即便是在活着需要强大忍受力的时候，你依然选择了生命；我相信我也可以。"

"你救了我一命。看着你脸上的喜悦，我就知道生命中最美好的日子还没有结束。你对我的帮助胜过任何医生、药物或是心理咨询师。"

"诺玛小姐，今天我妹妹输掉了她的战斗。我希望你能为了那些不能和你一起旅行的人继续坚强下去。"

大声地向彼此、向诺玛念出这些信息的片段，我们对着新的来信，时而哭时而笑。听到人们改变生活的故事时，诺玛会特别开心，笑得嘴角咧到耳根；而若是听到有人失去至亲至爱，我们会一起合上眼为之祈祷。一股爱与同情的暖流涓涓淌过，渐渐取代了我们心中的恐惧。

———————————

转眼间，到了必须对 CBS 的采访做出决定的时候了。蒂米笃定他妈妈不适合上电视，因为她羞怯腼腆，长久以来在生活中都是充当配角，从未担任过耀眼的角色。人生到了这个阶段，她怎么可能在没有经验的情况下发挥领导作用呢？这是不可能的。

当我和蒂米为这次抉择争论、探讨而忧心时，诺玛一个人做出了决定。我们不知道诺玛发生了什么改变，但她出乎意料地开始对采访产生了兴趣。"我能行的，蒂米。"她对我们说，一如既往地沉着坚定。这或许是出于她的倔强——她可能只是想证明蒂米错了。或许像乘坐热气球时那样，她只是准备再写一页自己的故事而已。又或许她是 CBS 晚间新闻的忠实粉丝。我不能确定诺玛做出决定的真正理由，但她一旦拿定主意，就不会再改变了。现在她想试着接受采访。

我和考特尼想了一个办法：诺玛可以先接受迈阿密的 CBS 制片人电话访谈，如果事情进展顺利，对方再过来拍摄录像。这个制片人会考查诺玛在不看向我们寻求安慰的情况下完整表述句子的能力。虽然长期以来她是通过肢体语言交流的大师，诺玛的话却是间隔很久才会蹦出来一点儿。

蒂米受不了自己妈妈出丑的念头，便又跑出去骑车，不想目睹一档全国节目的制作人在听到电话那头传来窸窸窣窣声后发生的灾难。背着诺玛，蒂米张大眼睛和嘴角做出一副绝望的表情，最后看了我一眼。"我要离开这儿，我看不下去了。"他说着关上身后的车门。

蒂米不知道的是，过去几天他不在的时候，我一直在训练诺玛。我们练习用完整的句子说话，确保她的每句话超过五个字。我们练习，让她不要面对问题时总是说"呃，我不知道"。平日里，无论我们问她什么问题，她一般都是这么回答的。几分钟后，电话响起时，我和诺玛有蒂米想不到的信心。

我一边祈祷着不要把我现收现付（Pay-as-you-go）上的通话分钟数用光，一边把手机交给诺玛。自从几个月前离开密歇根州以来，她只用过两次电话。"开始啰，要么成功要么失败，听任沉浮，要么不鸣，要么惊人。"我在心里对自己说。

坐在床沿上，看不到通话情况的我仔细听着这头的关键谈话，眼巴巴盼得两手冒汗，嘴唇发干。

"嗯，我从来没有骑过马。我想我会喜欢那个，"她对着电话说，"我还一直很想去钓鱼，钓鱼也很有趣。"

太棒了！居然超过了五个字！而且她的声音里有一种我从未听过的感染力和信服力。

"噢，当然了，我们现在很开心。我最喜欢的事情是在奥兰多乘坐热气球。可以说我真的非常享受那次体验！"

"她做到啦！"我轻声呼叫起来，躺倒在床上，手脚因为完全的兴奋和自豪在空中挥舞着。我的感觉就像是家长看着自家第一次参加芭蕾舞表演的不协调的孩子，单纯没有跌倒便是一项成就。而她不仅没有跌倒，事实上还做得很漂亮。

诺玛把电话还给我时，脸上挂着得意的笑容，我的心也跟着膨胀起来。

"她做得很好！没有问题，她可以的。"语速很快的迈阿密制片人埃利安娜对我说，"我们会在周一和周二到你们那儿，行吗？"现在一切都进展顺利。

"还成吗？"蒂米从纱门外探进脑袋问道。他看上去很犹豫要不要问，脸上流着因为刚骑完车或者更有可能是紧张导致的汗水。

诺玛只是微微一笑。她用余光瞥了我一眼，然后望着蒂米："他们周一就要过来了，我一定做得不错。"

"你开玩笑的吧！"蒂米喊道，"对不起，妈妈，但我真没想到你能做得到。"

"噢，那你现在还要担心什么？"诺玛反问道，让她仅有的儿子放心地相信她真的准备好了。那天我们笑得都很开心，并且决定是时候全员入伙了。

在 CBS 的节目录制完成前，距离 GNN 初次报道不过一个星期，"诺玛小姐的旅途"的脸谱网主页就已经获得了 91000 个"赞"，91000 啊！幸运的是，CBS 四人组成的制作团队是一群了不起的人，帮助我们完成了这项任务。

诺玛似乎很享受这样被关注；奉承对她而言是生活中鲜少体验的经历。我们惊讶地发现自己由衷地享受这两天的拍摄，我们可以想到就能做到，我们可以用一种高调的方式将自己呈现给世界。

———————

CBS 摄制组离开几天后的一个深夜，我们从脸谱网上收到了一张帅气绅士的相片，他的定位显示在瑞士的苏黎世。照片里，他拿着一张白纸，上面是手写的"诺玛，好样儿的，我爱你！"我们还可以看到底下有他的签名。"真是个好人。"我一边向蒂米感叹，一边把笔记本转过去给他看。

看累了，我合上电脑就去睡觉了。第二天早上，我打开笔记本的银色翻盖时，这位好心人的照片还停留在屏幕上。我和蒂米又仔细地看了看，然后同时惊呼道："天哪！是保罗·柯艾略！"照片中的人原来是我最喜欢的一本书——《牧羊少年奇幻之旅》的作者。他同时也是世界上著作被翻译最多的在世作家，是其祖国巴西的民族英雄。保罗·柯艾略还把这张照片发到了他的脸谱网上，上面恰巧有 2800 万个粉丝。

翌日，"诺玛小姐的旅途"的主页收到了来自世界各地数以万计的消息，其中大部分来自巴西。很快，蒂米开始自学一些葡萄牙语，以便尽可能多地回复从巴西发来的私信。脸谱上新获得了39000 多个"赞"，我们收到了来自全球媒体的 93 个采访请求。页面上一度有超过十万零六千条未读消息，并且电脑屏幕还在不停地闪烁着提醒，新消息以我们不可能来得及阅读的速度飞速涌入。我们成了名副其实的"网红"，而 CBS 的报道还没有播出。

不过，似乎我们的生活没有什么别的改变。诺玛仍旧规律性地遵循她的作息时间，早上九点起床，晚上九点上床睡觉。我和蒂米浏览消息时，她会安静地在房车外的野餐桌上玩拼图游戏。从虚拟的意义上看，所有东西都变了，但现实生活中，一切还和以前一样。

有一天下午，我们带着诺玛去圣奥古斯丁海滩散步，蒂米在后面推着他妈妈的轮椅，而林果和我则把脚趾浸到海水里。我们走近了两个正在拾贝壳的女人。

"那是诺玛小姐吗？"我们听到其中一个问她的朋友。

"是，正是她！"另一个人惊呼道。

两人很快围住了诺玛："啊，你真是太鼓舞人心了！"

我站在那里，惊呆了。在电脑屏幕上看到的那些话，突然之间有了呼吸和面孔，诺玛在跟人握手拥抱；她们闻起来有防晒霜和香水的味道。我瘦小的婆婆被人认出来了，她像英雄一样接受着称赞。

诺玛直直地挺坐在轮椅上，冲她们露齿一笑，眼睛里充满了活力。她像个专业人士一样跟这些可爱的陌生人握手，聊天，欢笑。"没事的，"当蒂米保护性地站在他妈妈身边时，我对他轻声说，"她应付得很好！"

"我知道……"他说着，泪水顺着脸颊流了下来。我静静地看着他，终于明白了他不仅仅是在保护她，这里面还有更多的含意。他是在骄傲、在动容，被亲眼所见的诺玛小姐对世界影响的表现所征服。

从那一刻起，我们敞开胸怀拥抱一切。在无数次的采访中，在同我妈妈和宾夕法尼亚州的闺密煲的治愈电话粥中，我不断地用光我现收现付的通话时间。阅信，回信，分享着或远或近、原不相识的陌生人的故事成为我们日常生活的一部分。

在所有这些事情之间，蒂米、诺玛和我会不时地进行心与心的沟通。我们常常会想到一颗鹅卵石被扔进平静的池塘，荡起涟漪的画面，鹅卵石的影响远远超出了它最初的位置。而我们觉得自己就像一块被扔进世界海洋的大石头，大海激起了超出我们所能想象的浪花。

第十章

善意

南卡罗来纳州·希尔顿黑德艾兰和查尔斯顿
三月

[瑞米]

　　我和蒂米很早便知道人们一般都是善良体贴的。丰富的旅行经历已经教会我们向这个美丽多元的国家和它的人民敞开胸怀。这些年来，我们既是大大小小随意善举的施行者，也是受益者。诸如暴雨天里送伞给流浪汉，或者在杂货店遇到好心人，帮钱包落在房车里的我们买单这类事情，经年累月，已经变得越来越司空见惯，我们对此从未感到疲倦。

　　在跨越南方诸州期间，这种感受尤为深刻。也许你会说这是因为"南方人好客"，但我们感觉到的热情却远远多于这些。

　　各种各样的邀请从美国甚至世界各地纷至沓来。"诺玛小姐，来佛罗里达吧，我带你去坐双人滑翔伞。"有人写道。另一条消息里则邀请我们和"蒸汽朋克摇滚马戏团"一起搭乘他们的观光巴士旅行。女子露营、免费发型和邀请诺玛为他们的球赛开球……各种消息蜂拥而至。往北，从北方的阿拉斯加州发出的邀请，则是让我们带诺玛小姐去划独木舟，到艾迪塔罗德市去坐雪橇，还有免费乘坐游览阿拉斯加海上公路旅游车之类的。

虽然我们对于诺玛在艾迪塔罗德驾着一群拉雪橇的狗在雪地里前行的图景非常憧憬，可是我们距离阿拉斯加实在太遥远了。

每接收一个邀请，我们就更加懂得开放思想、敞开心扉地对待他人。面对人们的好意，当地理和时机允许我们说"是"的时候，那些将人们分成不同圈子的界限——譬如宗教、政治、种族、年龄——会渐渐模糊、褪色，最终消失。而我们还有着更美好的收获。我们看到了人的真实性，包括诺玛，她的容光焕发、她的不屈不挠、她的乐观快乐，以及她的自信。

———————

三月中旬，我们抵达位于南卡罗来纳州希尔顿黑德艾兰的新营地。注册过程可以想象，与入住酒店类似，这次我们还讨论了一些关于低矮的树丛、房车的排污管道与下水道的连接，以及一个碟形卫星天线之类的话题。自从和诺玛一起旅行以来，我们就有个习惯，通常都会从营地办公室的架子上找出旅游手册、当地的报纸以及标有节庆活动的日历。

我和蒂米把房车停好，捣鼓着将房车的排污管道跟下水道连接。诺玛则在旁边浏览她的读物。"哎，有什么好玩的吗，妈妈？"蒂米总是会问。

每次他都得到相同的答案："看上去都很有意思。"诺玛是一个好说话的旅行者，她知道一般在出发之前，每一站我们都会计划几个有趣的户外活动。她没有行程安排，觉得书里的任何游览都是好的。

"明天三点钟有一个游行，"她说，"我想去。"她的声音里没有询问，这是一个宣布性的声明。诺玛小姐想去参加游行。

也许是几天前蒂米说服我们接受邀请参加萨凡纳一场欢送会的经历让她的胆子变大了。一些房车族朋友读了我们的故事以后，也准备开启他们自己的临终之旅，他们将带着三只年迈的救援犬一起踏上六个月的旅程。诺玛在我们给大家讲近期的旅行故事时，吃下一个烤肉饼，喝了一杯啤酒。我自豪地看着，希望她在旅途继续后仍能保持心灵慰藉的渴望。

蒂米有些怀疑："明天是星期天，妈妈，你确定你没看错？"

"是的，就在这儿写着呢。"她翻到《小岛速报》里介绍第三十三届圣帕特里克节游行的页面，指着那则报道说。

我看得出蒂米在犹豫，所以想要鼓舞一下。"一定很好玩！我们超爱游行的，对吧，蒂米？"我说，"还记得我们在巴哈吗？那时候好像无论到哪儿，只要看到游行我们就会去加入噢。"

"可我们在拥挤的游行路线中去哪儿找地方停车呢，让妈妈坐在轮椅上四处转吗？我不知道这是不是个好主意。"他说得不错。我们刚来，还不太了解此处的地理形势，游行可不是一次简单的外出游览。

"你能试着说服她打消这个念头吗？"他压低了嗓音温柔地

问我，确保不会让她上了年纪的耳朵听到。

我一定回了蒂米一个白眼，因为他的态度立马就改变了："等等，我记得不久前从希尔顿黑德艾兰收到过一条消息，当时没想到我们会往这边走，所以我没有回复。"

蒂米整理了成千上万条近期的消息："是一个名字很男性化的女人——查理！在这儿！我找到她的消息了。她在商会工作。"

我尽量让他保持住这种积极的心态："也许我们可以写信给她，问问她有没有什么地方可以坐在轮椅上看游行。"

"今天是星期六，明天就要游行了，她现在不会回复邮件的。"他反驳道，又陷入了在说"是"以前就说"不"的老习惯，"太迟了。"他接着说，"我们不能什么都做。"他有一百个充分的理由来解释他为什么不愿意和陌生人接触，但看一眼他的母亲——诺玛独自玩着 iPad 上的游戏，一副依旧坚定想去游行的样子——最终他还是给查理写了信。

为周六的打扰道歉之后，蒂米写道："诺玛小姐很喜欢游行，所以我们打算明天下午冒险去看看。如果你碰巧在那之前看到这封邮件，也许你可以为我们推荐一个观看游行的好位置，因为诺玛要坐着轮椅来。"

不到一个小时，查理就给我们回复了关于停车和观看游行的推荐。于是，我们开始讨论行动计划，怎样早点出发找到车位，然后转向一个阴凉的好地方。我们正说着，又是"叮"的一声提示有新的邮件。蒂米低头看了看仍摆在膝上的电脑。"哇噢！"他满面喜色，一字一句地将邮件内容转述给我和诺玛听，"诺玛小姐愿意坐在车上加入游行队伍吗？他们还有一辆车也有司机。"

我们情不自禁地大笑起来，蒂米不再悲观了，问道："妈妈，你觉得怎么样？"

"不要才怪，干吗不呢？"她说道，思忖片刻后，又补充道，"你们觉得能带林果一起去吗？"

———————

第二天早上，查理来营地接我们，请我们四人坐豪华轿车去参加在当地爱尔兰酒吧举办的贵宾午宴。诺玛被介绍给了历任游行大礼官、几个地区的市长、美国偶像的决赛选手李·琼，还有人群中的一些骨干人物，他们很快就成了不断壮大的诺玛粉丝俱乐部中的一员。

游行前，一向腼腆的诺玛小姐被任命为希尔顿黑德艾兰游行筹委会的名誉成员，并被授予一枚徽章和一条腕带，凭此她可以享受包括免费美食饮品在内的特权。之后没多久，诺玛小姐、蒂米和林果便搭着一辆老式电车疾驰向游行的起点。

与此同时，我和李·琼的妈妈被护送到贵宾看台，以便从最佳视角观看岛上的游行。在我旁边有一台巨大的专业电视摄像机。向街对面望去，我注意到一条广告横幅："Streaming live on WSAV.com."正如我想要抓住此刻的心情一样，我也迫切地想和别人分享这种疯狂，我简直不相信这样的事情就在眼前发生。我迅速给身在宾夕法尼亚的挚友帕蒂以及她的伴侣阿普里尔发了一条短信，他俩一定会为我们最近的好运感到高兴，说不准他们还能在经过的游行队伍里看到蒂米、诺玛和林果。

街道上挤满了成千上万的人，大家都穿着一层又一层的绿色服装。高校的游行乐队、成群的爱尔兰舞者，以及载着当地政要及小学生的彩车走走停停，接连不断地进行了几小时。当游行队伍走过三分之一的时候，我注意到人潮中的年轻人看到十六岁的李·琼坐着银灰色的捷豹敞篷车出现后纷纷躁动起来，他害羞地朝人们挥手微笑。他的妈妈靠向我，在人群疯狂的尖叫声中说道："他正在慢慢习惯自己的名声。"

一个少年，一个老年，我还没来得及仔细思考这两位新晋名人之间的有趣联系，便看见捷豹跑车后面跟着一辆黄绿色的福特野马敞篷车。人群中青春的潮水刚消退，继而人们的热情又被那醒目的老人点燃，这辆车的侧板上写着"诺玛小姐"。

看台的位置极佳，鸟瞰的视角可以让我一直望到蒲伯①大道。树木正从冬天的休眠中苏醒过来，抽出的嫩芽覆满小岛，恰好为这一场爱尔兰游行盛况做了生机勃勃的装饰。当诺玛的福特野马缓缓靠近时，虽然不是很清楚，但我还是能看见她脸上挂着的不易觉察的微笑。她高高地坐在椅子上向人群微笑挥手，仿佛刚刚在一个我们未曾去过的小镇当选了返校节皇后似的。此时的诺玛看上去

----

① 蒲伯（Pope Avenue），18 世纪英国诗人。

比以往任何时候都有活力，她闪烁着乐观的光芒。那一刻，她的身体里似乎没有一根害羞腼腆的骨头。

我无法抑制自己的骄傲与喜悦，站起身来同人群一起向她挥手。从他们身后传来某支游行乐队的演奏声，我便跟随音乐一边鼓掌，一边轻轻摇摆。像几分钟前那些十多岁的女孩那样，我在狂热中放声尖叫，任自己卷入情感的激流。

我的手机在相机包里振动，是帕蒂给我发的短信："我们刚看到他们了！我们刚看到他们了！天哪！你们活得真精彩！"下一条则写道："你见到李·琼了吗？我们超喜欢他！"我笑了，非常高兴有人可以和我分享这个时刻。

当剩下的游行队伍从我这里涌过时，肾上腺素仍然在血管里涌动，我想起了上一次看到诺玛坐在改装赛车里的情景。大概十五年前，史黛西送给雷欧一辆1988年增压款丰田MR2微型赛车，或者按家里人喜欢的叫法——"2先生"，这种小车时速很高，高速驾驶的司机往往容易把它们撞成一堆扭曲的金属。那个时候美国进口的数量很少，现在甚至更少。不过，这对雷欧和诺玛来说都不重要，那时他们俩快到八十岁了，不至于开飞车让这辆小家伙撞到树上。他们会开着车去教堂，让头发在风中飘荡。这是他们的"周日兜风车"，在密歇根北部乡下的碎石路上，她坐在银色双座的位子上等着雷欧换轮胎，诺玛有很多这样的美好回忆。那天上午早一些的时候，诺玛告诉我此前她只参加过一次游行。"那次是坐着爸爸的跑车，2先生。你知道的，只是绕着普雷斯岛的灯塔两圈，十分钟后整个游行就结束了。"她讲述道。

要是雷欧现在能看见她该有多好，我想着。当她引起了成千上万人的注意时，她笑得合不拢嘴。

那晚九点钟，我们像往常一样且歌且舞地奔赴睡床，不过这次是踩着游行乐队的节奏，有诺玛在一旁用手杖做指挥。"诺玛，不可思议的一天之后，感觉如何啊？"我原以为会听到一个深思熟虑的回答，关于有那么多人为她欢呼是多么非同寻常之类的；或者是一条评价，有关她走完游行路线后从看台上看到的漂亮花车，或是有关她现在被请去在这个区域附近做一些更酷的事情，诸如看看百威克莱兹代尔马，去专属私人海滩，等等。

"我不知道该说什么，"诺玛回应道，"但我要告诉你一件事。"她停顿了一下，仿佛实践一个完美的喜剧时机，然后说道，"我的胳膊明天肯定会疼，因为挥手挥得太多了啊！"

———————

新朋友查理帮我们安排了到南卡罗来纳州历史悠久的查尔斯顿游览。我们从希尔顿黑德艾兰向北开车两小时，在这个城市最豪华的贝尔蒙德查尔斯顿广场酒店预订了房间。酒店距离许多风景名胜地不过数步之遥，所以我们能带着诺玛坐上额外提供的轮椅去看看各种各样的地方。

我们入住的时间比预定的提前了一些，我们惊喜地发现我们的房间被升级成了"俱乐部级别"，享有每天五次的免费餐点，对此我们满怀感激之情。

"妈妈，来一杯香槟如何？"坐在俱乐部酒廊等着准备房间的时候，蒂米问诺玛。那天早晨，我们想到查尔斯顿之旅正好赶上雷欧的生日，所以想努力让它成为一个特别的日子。

"当然，为什么不呢？"她回答道。

蒂米沿着蜿蜒的巨大楼梯走向吧台食物区，因为林果不能靠近自助餐品，我和诺玛、林果就等在楼下的休息室里。蒂米回来时带了几杯上好的香槟，还有叫阿曼达和罗宾的两个年轻酒保也跟他一起过来了。"妈妈，他们想来见见你。"他说着，把二人介绍给诺玛。

他跟着解释说："我在他们倒香槟的时候，聊起了我妈妈的故事，他们就兴奋地想要见见她。我跟他们提到今天她可能有点忧郁，因为今天是爸爸的生日——这还是他去世以后，第一次碰到这样的日子。"

在寒暄几分钟之后，阿曼达和罗宾该回去工作了。走之前，他俩恳求我们，傍晚晚些时候再来这儿吃晚饭，喝鸡尾酒。"我们很乐意。"我答应道。

阿曼达和罗宾刚刚离开，一个魁梧的男人拿着一个信封出现在我们面前。"你是诺玛小姐吗？"他问。逶迤的楼梯旁，诺玛的小身板蜷缩在黑皮沙发上，消瘦的左手握着一杯香槟。

她微微前倾，回答道："我是诺玛。"抬头望着此刻站到她身边的高大身影，看见他眼里的善意，诺玛紧接着露出甜美的笑容。

"我叫约翰，在会议与旅游管理局工作。听说你来到我们市，我们都非常激动。”

"很高兴来到这里。"诺玛轻松地回应道。

"我有一份欢迎礼物要送给你。"约翰继续说，"我们希望你能在我们市玩得开心。这些是查尔斯顿及其周边地区所有景点的贵宾门票，包括历史遗迹、马车搭乘体验、种植园和花园，还有港口观光，应有尽有！"诺玛仔细听着，"但是有一个条件……"

我紧张地从诺玛看向蒂米。这个条件会是什么呢？我不由得担心起来。接受这种慷慨，我们就会陷入糟糕的事情之中吗？我们会被利用吗？总是优先考虑保护家人的我，脑子里拉响了警报。我可以看得出，蒂米也有同样的担忧。

但约翰只说："我能拥抱一下你吗，诺玛小姐？"约翰告诉我们，他失去了自己的母亲，他很想她。拿我们做广告，或者其他在我脑中浮现的可怕的请求，都跟他的真实意图风马牛不相及。"如果你们在这里玩得都不想打开电脑，我会感到非常高兴的，"他笑道，"请好好享受吧。"

于是约翰得到了他的拥抱，而我们得到了查尔斯顿所有美妙艺术与文化的通行证。然而更重要的是，在保持胸怀开阔方面，我们又被上了一课。

安顿下来后，我们一直休息到吃晚饭的时间。林果留在总统套房的特大号床上，享受着高支棉手工缝制绵床的柔软。我们去了酒吧和餐厅。

我以前从来不知道我的婆婆喜欢喝酒。在这次旅行中，她似乎决定，每天临睡前都和蒂米一起喝一杯啤酒。鸡尾酒从来不是她喜欢的，但作为在大萧条中长大的孩子，任何免费的东西都吸引着她的注意力。"诺玛小姐，要喝点什么？"阿曼达用她天生的魅力和热情赢得了她的芳心。

诺玛就像是离开了水的鱼一样不知所措，她向蒂米寻求回应。她准备好要开始新的冒险了，只是不知道该点什么。"妈妈，你喝过金汤力吗？"

"不，我想我没喝过。"她答道。

"那我们就从这里开始吧，阿曼达。"蒂米对我们的新朋友说。

美食似乎无穷无尽。随着夜色渐深，阿曼达倒出来的酒也越来越奇异。事实上，所有酒对诺玛来说都很奇异，即便是最开始的金汤力。我们了解到阿曼达的兴趣并不是调酒，而是创作音乐，她希望有朝一日能为一部电影配乐。每个人都有自己独特的故事。

十点钟是俱乐部酒廊打烊前能买酒的最后时刻，我们都十分开心，以至于诺玛几乎没有注意到她的就寝时间已经过了。现在大多数人都已经离开了，要么回到自己的房间，要么转向酒店的其他公众酒吧。我们啜着杯里剩下的一点儿酒，坐在吧台上，还在同阿曼达与罗宾说话。

我们正准备今晚到此为止要回房间时，罗宾端着一个盘子从背后出现。他把盘子摆在我们面前，里面是由酸樱桃、生奶油和两支明亮的蜡烛点缀出的一小块巧克力朗姆蛋糕。盘子上用巧克力糖霜写着"生日快乐，雷欧"。

我屏住呼吸，用手捂住嘴巴。燃烧的蜡烛照亮了诺玛的脸，烛光在她眼镜的倒影中变得似乎更加明亮。一切来得如此突然，如此出乎意料，又如此周到，我们所有人都被眼前的景象感动得流下眼泪，甚至包括两个酒店员工。忍着眼泪，我们三个人凑在一起，深吸一口气，吹灭了蜡烛。

雷欧去世已经快九个月了，这段时间，我们一直忙于应对各种改变，几乎没有回头看过。这个简单的姿势让我们停下片刻，来缅怀和哀悼我们失去的挚爱。那天晚些时候，蒂米的眼睛里又涌起泪水，他对我轻声说道："这是我第一次看到我妈妈为我爸爸的去世流泪。多么美好的礼物……"

第十一章

庆祝

佐治亚州·玛丽埃塔和亚特兰大
三月

[蒂米]

  等到越过州界进入佐治亚州的时候，我们都已经放下抗拒，开始接受不断出现在面前的新体验。因此在某一天，来自佐治亚州·玛丽埃塔的脸谱网粉丝多伦邀请我们去萨凡纳市，在她家用于民宿的院子里和她共进午餐，我们回复说"好"。

  多伦立刻爱上了我妈妈。我们告诉她，我妈妈的九十一岁生日是在即将到来的三月三十一日，她便请我们留下来，同她和她的儿子艾丹一起住在她家里，然后去玛丽埃塔广场庆祝妈妈的生日。多伦说她希望那天对我妈妈来说是一个特别的日子，她还表示决定让整个社区都参与到这场庆祝中来。

  我和瑞米对于妈妈的生日并没有什么特别的想法，最多就是希望我们能提前做好安排，这样就不用在路上的某个停车场里孤零零地庆祝生日了。我们问妈妈，她认为在玛丽埃塔和多伦、艾丹一起过生日这个主意如何。"可以啊，我想挺好的啊！"她回答道，语气里只有一点点的犹豫。

房车需要进行维修了，所以我们提前一天到达，把车放在了附近的房车修理店。各自收拾了一小袋衣物和洗漱用品，便开车去了多伦家，我们将在那儿度过接下来的五天。尽管最初妈妈是同意的，但我们到那儿以后，她似乎对于这种情况有些不自在。那晚她犹豫着要不要用客房浴室时，我不得不问她发生了什么事。"我以前从来没有用过别人的浴室。"她略微窘涩地说。的确，我回想起爸妈在他们的婚姻生活中很少旅行，必定也从没有在陌生人家里过过夜。

第二天早上，我们将吉普车停在距离玛丽埃塔广场几个街区的地方，多伦说那里会有人等着我们。我们可以看到在附近一辆红白相间、后视镜上挂了一对绒毛骰子的1955年款雪佛兰车没有熄火，排气管喷出的蓝烟表明古董发动机没怎么烧油。"一定是接我们的车。"我向我的乘客们宣布道。

司机兰尼以极其夸张的姿势拉开雪佛兰的后车门，帮扶着我妈妈进入后座，小心翼翼地不让她的生日皇冠撞上红绒车顶。然而等他关上门，车子却熄火了。他一边转动车钥匙，一边狂踩油门，却只换来"砰"的一声和几缕尾烟。发动机终于点着了，我们向前走了一会儿，却又在距离目的地仅剩一个街区的十字路口停了下来。

"我们是不是该下去推一下车？"我在后座对身旁的瑞米小声说道，"如果我们能拐过这个弯，接下来到广场就是一路下坡了。"

瑞米很赞同这个想法，但在我们行动之前，汽车突然启动恢复正常。转弯时我们可以看到前方我们要去的人气餐厅——玛丽埃塔土菜馆前一片骚动。路边停着一辆警车和一辆消防车，身着蓝衣的工作人员站在人行道上，身后是数百名兴奋的祝福者。紫的、粉的、绿的气球在街头四处飘荡。亚特兰大老鹰队的两名啦啦队队长在门边晃着手摇花。还有一大群媒体人员在路边挥舞着摄像机、麦克风和记事本。

"我们让自己卷入了什么？"我低语道。面前是我从未期待过的壮观景象，我已经开始担心这个活动对我们所有人来说都"太过了"。在被友好的人群包围以前，我们勉强把妈妈扶下车坐进她的轮椅里。我和瑞米所能做的一切便是默默地退下，祈祷我妈妈应付得了密集的关注。当看到她真的可以泰然自若的时候，我们都有些惊讶。

这是我的母亲，一个谦逊、安静的女人，从来没有麻烦过她生命中的任何人。她和我爸爸过生日时，通常会去密歇根州的阿尔皮纳，在离他们普雷斯克艾尔的家二十五英里远的一家苹果蜂连锁餐厅吃顿午饭。我和瑞米不论在哪儿都会打电话过去唱"生日快乐"，听他们说各自吃了些什么。在我们家里，生日向来不是件大事。"你不过是又老了一岁而已，就这样。"我爸爸会说。妈妈会给我和妹妹烤蛋糕，但是我们从未有过"传统"的生日庆祝，像许多同龄人那样邀请其他孩子来参加派对。

因为她总是拒绝关注和赞美，在爱与关心上，妈妈经常是给予而非获得的一方。现在她快满九十一岁了，她选择在冒险中度过自己最后的日子，不知道这样的日子还有多久，她要以自己的方式去冒险。然而现在整个玛丽埃塔市，似乎不会让她拒绝了庆祝就离开。

———————

各个年龄段的人叫嚷着要和我妈妈合影，要祝她"生日快乐"，或者只是想要离她近一点。我站在几英尺开外靠近街道的地方，和玛丽埃塔土菜馆的老板吉姆说话。"蒂米，我听说你喜欢烹饪，"他说着，我们继续在角落里看着人群，"今天早上我为你想到了一个非常特别的主意，你愿意为你妈妈的生日亲手做我们店的招牌早点吗？"我感觉对这个提议我不能说"不"。

在把我介绍给他的行政主厨布里顿的同时，他给了我一件黑色的厨师外套和一条围裙。布里顿带着我去了餐厅的专业厨房制作法式吐司和香辣炸鸡。在她的指点下，我戴上乳胶手套，将厚片的奶油蛋卷浸入准备好的蛋液。把浸湿的面包放上烤盘烘焙，然后再拍松鸡胸肉，最后把鸡肉扔进炸锅，炸至金黄。一切准备妥当后，我把菜装好盘，在温热的苹果泥法式吐司上撒上糖。我端着菜急急忙忙回到餐厅，生怕错过这场盛大派对的许多内容。尽管吉姆觉得对我而言，烹饪我妈妈的生日早餐应该是件荣幸的事，可他不知道过去的七个月里，我每天都在为她做早餐，实际上我很期待能休息一下。

派对到目前为止确实进行得如火如荼，这也是我第一次有机会了解它的全貌。巨大的金色字母气球在长长的砖墙上拼出"诺玛九十一岁"的字样，占据了主要的空间。每一张桌子都堆满鲜花饰品。几只小小的热气球吊着迷你吊篮飘浮在房间里，好像是在向我妈妈两个月前的热气球之旅点头致意。角落里，两个男人正用班卓琴和吉他弹着蓝草曲子，为庆典活动创造出完美的音乐背景。整个会场挤满了参加庆典的人，吉姆与他的妻子索菲娅为庆典搭起的"点心台"周围聚满了人群，场面令人难以置信地喜庆热闹。

我妈妈刚和来访的两名老鹰队的啦啦队队长合完影，看得出来照相显然是为了逗她开心。她们给了她一个装满各种NBA标志商品的"礼包"，其中包括一件前锋迈克·穆卡拉的签名球衣——他的号码是"31"，这个数字恰好能跟妈妈的生日时间对上。还有三张次日晚上亚特兰大老鹰与克利夫兰骑士比赛的门票。

"瑞米，你看这个！"妈妈坐下来吃我做的早餐时招呼道。只见她的手腕上系着一条漂亮的银手链，上面点缀着几个代表了她旅程的银饰：一只热气球，一个佐治亚州模型，一块小蛋糕，一枚贝壳以及数字"91"。"这是当地珠宝店老板送给我的。"她补充道。实际上，广场上的许多商家都送来了店里的礼盒或商品，这些东西渐渐在诺玛身边的桌子上越堆越高。

终于到了切生日蛋糕的时候了。吉姆创造了南方新的纪录，做出一个井盖般大小的巨型面饼。他把饼放在加高的蛋糕架上，星星点点地插满生日蜡烛。"真是抱歉，地方不够，插不完九十一支蜡烛。"他笑着说。话虽如此，蜡烛的数目还是多得足以让一个肺活量小的人望而却步。不过妈妈并没有什么可担心的，三名在场的玛丽埃塔市消防员很快就跑到她身边帮忙完成了任务。

"诺玛小姐，你的生日愿望是什么？"有人问道。

妈妈停顿了一下，思索片刻后答道："希望我能活到九十二岁。"

––––––––––

第二天，妈妈在亚特兰大继续庆祝她的生日。不久，老鹰队的组织人员联系上我们，询问我们入住的酒店。"我们想派一辆豪华轿车来接你们去看比赛。"他们说。了解到我们住在一位刚刚在脸谱网上认识的女士家里以后，他们表示这样不行，"那么，我们希望诸位都能成为我们在亚特兰大欧姆尼酒店的贵客，"他们继续说，"如此，你们就无须带诺玛小姐出门去看球赛了。"

尽管不太明白这话的意思，但我们挺想接受酒店的免费客房。毕竟在亚特兰大的行程会很繁忙：不仅要在那晚去看球赛，我们还接受邀请去参观西半球最大的水族馆——佐治亚水族馆。

我推着妈妈穿过高大的罗马柱，走进豪华酒店大厦的大厅时，感觉有点难为情。我们是坐着房车一起在全国旅行，因此很少用到正式的行李箱。妈妈轮椅的手把上挂了各种各样的沙滩手提袋，里面装着我们的衣物和洗漱用品。瑞米拿着外套、钱包和她的相机袋紧随其后。"上帝啊，我们看起来就像贝弗利山人。"妈妈对我提起 20 世纪 60 年代我小时候看过的情景喜剧。然而在能退缩之前，酒店经理莱斯利发现了我们。"热烈欢迎，祝诺玛小姐生日快乐!"她露出真诚的微笑,用南方人的拖腔缓缓说道。相机闪光灯亮起的同时,聚集的前台员工中有人为妈妈戴上了生日皇冠,并在她的胸前挂上生日肩带。

他们带我们参观了房间。安排我们入住的房间位于十层,在阳台可以俯瞰下面的 CNN 新闻中心。我站在妈妈身边,看到人们乘着八层楼高的电梯升上一个巨大的地球模型,那里是新闻网络演播室之旅的预备区,通向这片新闻网络的演播室。透过窗户,我们可以看到记者们正忙着工作,有些还在直播。"安德森·库珀能看到我们吗?"当妈妈意识到歌莉娅·温德比的儿子可能也在其中时,她问道。

然而我们还没来得及仔细欣赏这些风景,就突然听到有人敲门。是客房服务员为我们带来酒店赠送的巧克力蛋糕和一桶冰镇啤酒。自从瑞米发布了一张派对照片,照片里妈妈的面前摆了五种蛋糕,她边喝啤酒边做鬼脸,世界上所有人便以为这些都是她的最爱。这是昨天离开玛丽埃塔派对以后我们收到的第三个蛋糕,现在所有人都吃够了甜食。"我当时为什么不说我喜欢奶酪和咸饼干呢?"妈妈后悔道。

酒店的豪华轿车把我们送到了佐治亚水族馆的正门入口,恰好赶上一点钟的约会。瑞米和我尤其兴奋地要给妈妈介绍"海洋航行者"展览中亚洲以外捕到的仅有的四条鲸鲨。因为计划要带妈妈去巴哈,我们已经和她讲过那边海湾里经常出现的鲸鲨,想让她知道世界上最大的鱼长什么模样。

四名员工招呼着我们走进拥挤的大门,他们示意所有人为妈妈的轮椅让路，像摩西分开红海一样分开了人群。没在人群中挣扎多久，我们便来到一条没有标记的锁在门后的长廊。"诺玛小姐，今天我们为你准备了一些特别的东西，"水族馆的公共关系协调员梅根一边带路一边说，"让我们首先去这个房间里见见迭戈。"

迭戈原来是水族馆里的一头明星海狮，此时正在它的专用休息室里小憩。长而略窄的房间里有一个巨大的水池，池后侧旁立了一排栩栩如生的石像。水池的正面是一块三英寸厚的亚克力有机玻璃，四英尺左右的高度低得足以让它躺在边缘上，我们进来时就是这样发现它的。

妈妈没想到她会有二十分钟的时间同目前冒险中遇到的最可爱的角色玩耍。她被邀请着摸一摸海狮，感受它的皮肤和毛发的不同手感。离开之前，妈妈和迭戈向彼此吐舌，摆姿势拍照，还一起做了假装亲吻的动作。"那头海狮的嘴真的很臭。"当我推着她出门的时候，妈妈在我耳边小声说。

水族馆的向导继续领着我们穿过迷宫般的走廊，向我们解释这座价值三亿美元的设施内部运作情况。我们经过了拥有最先进的诊断实验室和齐全的设备，甚至可以医治鲸鲨的兽医院。接下来是饲养厅，这是一间经过专门设计的厨房，它的设计标准甚至高于饭店的水准。他们每天就是在这里为成千上万的鱼和其它动物准备食物。

很快，我们从走廊里走了出来，进入一个类似舞厅的地方。当我把轮椅推到角落时，妈妈为她看到的景象倒吸了口气。在我们面前是一面十英尺高的亚克力有机玻璃墙，将我们与"海洋探险者"展览的背面分隔开。水族馆的首席运营官乔和一些员工已经准备好了小派对来宴请妈妈，这次等着她的是鲸鲨主题的蛋糕和各种啤酒。我们和乔一起享用美食，沉迷于眼前的水中斑斓。

蛋糕和啤酒让我们精神振奋。接下来我们该结束这段旅行了，及时赶回酒店观看球赛。离开之前，我们忍不住又看了看那四头白鲸，这些可爱的动物用气孔高声歌唱时，妈妈得捂住耳朵。

当晚的比赛是市里最热门的活动。"小皇帝"——克利夫兰骑士队的明星球员勒布朗·詹姆斯——本尊参赛总是意味着门票预售一空的观球盛况。

那天晚上，没有人能找出比我妈妈更热情、穿着更讲究的亚特兰大老鹰队球迷了。她穿的酸橙绿衬衫突出了上身粉丝服的粉色和绿色。那顶过大的老鹰球帽，斜斜地扣在她的脑袋上，让她看起来像是从嘻哈音乐片里走出来的人。她的膝上放着各种各样的发声器材和一只巨大的写着"老鹰加油"的泡沫手。当我们等待东道主的时候，有许多球迷过来用手机跟妈妈自拍合影。我们一时不能理解这突然出现的关注，直到有个人说："老鹰队刚在推特和网页截图上发布了关于你们的消息。"

靠近主入口的一扇侧门开了，前一天参加妈妈生日派对的两名啦啦队队长走了出来，准备为排队等候的粉丝助兴。她们一眼就看到了我们，便立刻跑向这边，蹲下来跟坐在轮椅上的诺玛聊天。"诺玛小姐，你今晚看起来真可爱。"她们说着把手机递给我拍照。现在我可以看出，许多排队的人都在想这位老妇人何以吸引了如此多的关注。不一会儿门又开了，老鹰队的社会责任协调员玛戈向我们挥手示意入场。

"我们很高兴能邀请你来观赛，"她一边热情地说，一边带领我们通过安检，"今晚我们为你准备了几个惊喜。"妈妈从来没有去过现代体育竞技场，就连我和瑞米也被场地的规模和宏伟吓了一跳。"看看这个地方啊！"妈妈在我推着轮椅穿过拥挤的外区时，敬畏地赞叹道。我们跟着玛戈和她的助手去了体育场的上层露台，那儿没有固定的座位，只是摆了一排椅子。"一定会非常棒！"看着下方视线畅通无阻的球场，我对妈妈说道。

但是我们没有停留多久，立即又被带回到下层，穿过通道来到比赛场地。正在场边签名的是 NBA "名人堂"球员多米尼克·威尔金斯，这名身高六点八英尺的老鹰队前明星球员作为联盟中数一数二的灌篮高手闻名于世。跟我们合影的时候，他高大的身形耸立在所有人之上。之后我们被邀请到前排小坐，惊讶地发现这里的座位比起普通席要舒服得多。会见完粉丝后，多米尼克走到我妈妈身边坐下，对着她的脸颊送上一个大大的吻并用手搂住了她。他们开始聊天，但我听不到他们在说些什么，只听见妈妈的笑声。显然她被这个身着西装、穿十五码鞋的男人迷住了。

老鹰队的主教练很快也走过来，他对我说道："我听说今晚的比赛诺玛小姐会成为我们的联合队长，你和你的妻子可能需要帮忙把她带到场地中央。"从轮椅中拉起妈妈，我和瑞米一人挽着她的一只胳膊，带她走上场去参加老鹰队与骑士队队长的裁判会议。"我简直不敢相信这一切。"看到观众席上将近两万名的观众时，妈妈感叹道。

我们跟着向导回到入口通道，迫不及待地想回到座位上看比赛。"诺玛小姐，诺玛小姐，请你等等！"我们听到有人在附近高呼，"我想和你谈谈。"抬起头，我们看到一个二十多岁的年轻人正匆匆穿过人群向我们奔来，追上我们后，他补充道："我叫奥利弗，我爸爸是球队的老板。"

向导们脸上的表情表明，他一定是最近买下老鹰队的亿万富翁的儿子。他继续说："我只是想感谢你对我们家的鼓舞。读了你的故事后，我们一起度过了有史以来的第一次家庭假期，真的非常开心！"他俯下身子给了妈妈一个大大的拥抱。

我妈妈只是微笑着。我知道她很艰难地在理解不知为何自己能激励着世界各地各行各业的人们。现在她正静静听着自己如何激励了一位亿万富翁和他的演员妻子带着他们的孩子去某处共享家庭时光。听了奥利弗的故事以后，我和瑞米也很难相信她的故事会有这么大的力量。

我们刚刚回到座位上，明亮的灯光就照亮了球场，老鹰队和骑士队闪亮登场了。骑士队最近接连赢球，很被看好今晚取胜，他们在上半场快结束时以41∶28领先。

中场前的一次暂停期间，我妈妈的脸突然出现在球场中央上方的大屏幕上。整个亚特兰大老鹰啦啦队突然出现，包围了她的轮椅时，我就知道有什么事要发生。几分钟后出现了一位摄影师，接着便是妈妈在一群女孩（足足比她小了七十岁）的簇拥下，拿着手摇花挥舞了三十秒。

老鹰队在下半场发力，最终以三分球压哨追平，迫使比赛进入加时。距离妈妈平常的睡觉时间已经过了几小时，但是看到她继续欢呼，老鹰队每得一分，她便要挥舞她的红毛巾致意，我知道她还很清醒。瑞米和我只是望着彼此，为她充沛的精力感叹。

我们新喜欢上的球队在那个晚上以很小的差距输掉了比赛。我们推着妈妈穿过人群，提着老鹰队比赛时给的一块蛋糕径直回到旁边的酒店里，我们必须承认这次生日庆典带给我们前所未有的兴奋。

第十二章

正直

弗吉尼亚州·纽波特纽斯
四月

[蒂米]

由于我比妹妹史黛西大六岁多，这种年龄上的鸿沟导致我们很少一起做些什么，只有一种例外——我俩都喜欢玩一种被我们称为"密探"的游戏。我们用由很多麦片盒的瓶盖换来的一个特工设备，躲在没人注意的角落里，拿一个潜望镜式的设备观察，在走廊里设置绊脚线以警示爸爸妈妈的靠近。在20世纪60年代末，暗中"窥探"爸爸妈妈，甚至是家里的狗，是我和妹妹在周末的例行游戏。后来史黛西成了美国特情局的一名高级特工，我总打趣说，她成功的事业全归功于我们童年时的胡闹。

在史黛西职业生涯的早期，一天，她被派去保护前总统杰拉尔德·鲁道夫·福特。因为那次邂逅，我也开始从妹妹口中听到那个爸爸妈妈讲了一辈子的故事。据史黛西所言，她坐在他的装甲豪华轿车里，突然向"出乎意料的"总统介绍起自己。"总统先生，"她自信地说道，"我是特工史黛西·鲍尔施密特，也许你不记得了，很多年以前，在'二战'后你曾经帮助过我的父母。"

作为一名参与过那场战争的老兵，他边想边念叨着："鲍尔施密特，鲍尔施密特。"在豪华轿车的防弹窗边坐了一会儿后，他实事求是地回应道："我的确记得你的父母。"接着他又讲了一遍我和史黛西以前听过无数次的故事。

那是1949年，爸妈从战争中回来了，他们新婚不久，住在一辆十五英尺长、没有浴室的旅行房车里。根据《退伍军人权利法案》，政府可以向希望重返校园的退伍军人提供资金支持。妈妈想成为一名艺术家，爸爸则想当一个钟表匠，于是他们决定搬到密歇根州的大急流城，这样妈妈就可以去肯代尔艺术设计学院深造了。

他们把整个家拖在1940年的深蓝色福特车后面，在一个汽车旅馆安顿下来，便开始了学习生活。但是很快钱就变得不够用了，因为搬家后，他们的退伍军人补助没有跟上。坐在房车里的小折叠桌前，他们翻遍了口袋，掏出所有零钱推到桌子中央，总共只有三美分。"这连一块面包都买不了，"妈妈说，"我们必须做点什么。"

"我们该做些什么呢？"妈妈自言自语道。然后她想到一个办法，拿出最好的文具，给杰拉尔德·福特写了一封信解释他们面临的处境。福特是密歇根州第五国会选区的年轻国会议员，几个月前才刚刚当选。在1948年的竞选活动中，他曾亲自上门拜访选民，还去工厂看望结束了一天工作的工人。他和选民关系好是众所周知的。

爸爸比较消极，凡事总是犹疑，可他也没有什么更好的办法了。"那么我们就来看看，这个新上任的家伙是否真如他被称赞的那样……"他喃喃自语地把妈妈写好的信投进了邮筒里。他们在邮票上花掉了最后三分钱。

大约十天后，爸爸妈妈在他们的房车里听到了敲门声。"你好！"妈妈边说边打开门。汽车旅馆里竟然迎来了福特议员本人，他亲自给他们送来延误的支票。这下爸爸妈妈可以开始梦想的生活了。

史黛西的职业生涯决定了她不可能是个追星族，也不能去追星。但是那天，福特总统重述了她从爸妈那儿听过很多次的故事以后，她成了福特总统的崇拜者。随着时间的推移，史黛西与福特家族的关系越来越密切。2006 年这位前总统临终的时候，史黛西就在那儿陪着他的家人，帮着他们拿主意。由于特工部的职责中有一项是监督国家葬礼的筹备，她有幸可以向这位对年轻时的爸妈意义重大的人，最后一次表示感谢。

我的父母跟他们那一代许多当过兵的人一样，服完役回家的时候，从未觉得他们的工作有多么重要。爸爸当的是陆军航空兵，他会说，也就是在办公室里"跟文件打交道"。妈妈是海军女兵紧急志愿服务队在圣迭戈海军医院的一名护士，主要负责照料军官及其妻子，在她短暂的服役史里只记得数百次的青霉素注射。因为他们觉得自己从未像其他许多同伴那样上过战场，所以他们总是

淡化自己在战争中的作用。这些年来，认识爸爸妈妈的大多数人，甚至是他们最亲密的朋友，都不知道他们服过役。"就是没有人能想到。"后来妈妈告诉我们。

然而这一切在那个十一月发生了改变。当时我和瑞米、妈妈正待在美食和音乐之乡——路易斯安那州的新奥尔良，仿佛老天安排似的，这里有国家"二战"博物馆。我们听说博物馆的评价不错，妈妈也很想去看看。我们推着她走进大厅的那个早晨，来参观的人很少，售票处的年轻女人问妈妈是不是"二战"老兵，她不好意思地答道："是的，我想算是吧。"

"那么，你就不需要收费了，女士。"售票员兴奋地宣布。

作为在大萧条时期长大的孩子，妈妈从小就学会了要是遇到什么免费的事情都会特别积极。妈妈在轮椅上直起身，怀着自豪与感激接受了免费入场券。

妈妈拿到一张红白蓝相间的巨大身份识别牌，表明她是一名"二战"老兵。工作人员在听说她参加的是海军女兵紧急志愿服务队后变得激动起来。"我们真的很难得见到一个海军女兵！"几个博物馆的员工在我们向其问好的时候说道。消息传开了，我们穿过博物馆时，不时听到有激动的声音传来。"看到坐在轮椅上的那个女人了吗？她是海军女兵，我简直不敢相信！""哇，真是荣幸！咱们这儿几乎没来过海军女兵！"

博物馆的设立是为了让参观者了解，像我妈妈、爸爸、拉尔夫叔叔以及其他1600万名美国年轻人那样奔赴战场是怎样的感觉。他们先是发给你身份识别牌，然后带你登上火车。一坐上静止的火车，妈妈的记忆便从沉寂的心底涌上来，向我们讲起她是怎样在纽约的亨特学院度过了几个月的基础训练，然后到芝加哥的大湖海军基地待了一小段时间，再乘着火车西行前往圣迭戈。

每当妈妈提起自己的兵役经历时都是那样轻描淡写，而现在看来显然颇有趣味。我们在脸谱网上发布了关于参观博物馆的帖子后，收到的回复使得这一转变更进一步，妈妈因为参加了兵役更加火了起来。我们收到了来自退伍军人、现役军人和普通民众的成千上万条向妈妈致谢的消息。

其中一条消息恰巧来自瑞米做中学顾问时的学生。瑞米记忆中的伊莉斯是个聪明成熟的小姑娘，如今她已经二十岁出头，成了一名海军士官。伊莉斯感谢像当年妈妈这样的妇女对祖国效忠，为此后的女性参军铺平了道路。她还留言说："如果你们旅行到了东海岸，请告诉我，也许我们可以在杰拉尔德·鲁道夫·福特号航空母舰上为诺玛小姐做些特别的事情。"

瑞米给妈妈读这条消息的时候，妈妈吃惊地扬起了眉毛，显然这是一个引人注意的邀请。不过当时，我们还没想好在佛罗里达过冬之后的旅行计划。我们谢过伊莉斯的体贴，表示一旦旅行计划更加明确便会告知她我们的决定。

后来我们突然想到，伊莉斯并不知道福特总统与我们家的关系，她可能会喜欢这个故事。于是，瑞米就给她发邮件，向她简略介绍了这个故事的大概，并告诉她，我们还没有做具体的旅行计划。

在那之后不久，军舰的公关官员，造船厂的市场协调员，最后到指挥官本人先后联系了我们。他们每个人都希望我们能在四月初的正式海试登上杰拉尔德·鲁道夫·福特号航空母舰。

"一定会非常棒的。"一想起那个场景，妈妈就会激动地说道。因此，我和瑞米决定围绕逗留弗吉尼亚州的纽波特纽斯港来组织我们的旅行计划，以配合这次活动。瑞米通知了伊莉斯，她回复道，大家都很高兴我们能来。在邮件中，她写道："我们只需要你们的护照或出生证明的复印件用于安检。这个一弄好，就能让你们上船了。"

我心下一沉。当初离开密歇根州时，我和瑞米从没想过要在此次冒险中带妈妈出国，她那快过期的护照正锁在密歇根北部的一个保险箱里，从佛罗里达根本拿不到。我们垂头丧气起来。

几周后，我们才收到伊莉斯和其他人的回信。看得出来，这个安检问题明显在阻碍着我们的登船计划。后来我们意识到，解决方案也许很简单。史黛西当特工的时候，整个鲍尔施密特家族都接受过特工部的审查，因此肯定会有一些妈妈是正直好公民的记录。于是，我们告诉海军和纽波特纽斯造船厂，他们只需要打电话给美国特工部，那里的每个人都会告诉他们，诺玛·鲍尔施密特不是一个九十一岁的间谍。然而，我们没有收到任何一方的回复。

我们也没赶上正式海试庆典的安检。为了能让妈妈至少在精神上出席这个庆典，那天早上，即将离职的指挥官打来电话。由于迈耶上校想跟妈妈聊天，她既紧张又兴奋，"噢，就跟我一人说话啊？"她说。

电话打过来时，我们还在北卡罗来纳州访友。小饭厅里，妈妈坐直了身子，接过瑞米递给她的电话。我听着她跟上校说话，又讲了我和我妹小时候经常听到的同一个故事。讲完后，我听见她说："杰拉尔德·福特是一个正直的人，他是个好人。"

雕像刻画了年轻的海军军官杰拉尔德·福特。爸爸妈妈和新人议员福特的偶遇，为一小时后迈耶上校为福特雕像致辞定下基调。雕像是全世界最先进的航母的中心纪念物，它将在未来的很多年里不断地提醒人们保持"正直掌舵"。

又过了几周，我们终于获准登船，没有人给出任何理由。不过我们清楚地知道一定发生了什么，冥冥之中，史黛西似乎总有办法帮我们将看似不可能的事情变成可能。

访问航空母舰那天，天气暖得只用穿牛仔裤和短衬衫。我们早早离开了弗吉尼亚州萨福克市的营地，以便在行程计划的一点钟之前及时赶到造船公司登记。通过横跨詹姆斯河的大桥时，可以看到纽波特纽斯船坞里有几艘船或在建造或在检修，其中一艘因其规模庞大而尤为突出。高出水面近二百五十英尺，长逾一千一百英尺，造价大约一百三十亿美元的航母十分惹人注目。

抵达亨廷顿英格尔斯工业公司的总部后，我们在入口附近发现一个标注着"留给诺玛小姐"的停车位。我和妈妈便留在车上，等待瑞米进去找公司的熟人克里斯蒂出示证件。

"我们得在这里等他们的安保人员，"瑞米回来向我和妈妈转述道，"他会送我们去船坞。"

不久，一辆不起眼的白色面包车停在我们的吉普车后面，一位戴着雷朋徒步旅行者太阳镜的中年男子和我们打起招呼，"嘿，我是格里，造船厂的安全主管，"他说，"今天我是你们的陪同人员。"

格里说参观航母须戴上安全帽与护目镜。当瑞米和妈妈试戴物品时，他谈起的关于我们家非常私人的话题把我吓了一跳。"我认识你的妹妹史黛西，"他向我低语，"我和她在华盛顿的特工部共事过多年。"

自八年前史黛西去世后，我同她的朋友便失去了联系。眼下又有机会与跟妹妹实实在在一起工作过的人交谈，我迫切地想知道他对她的熟悉程度。

"我退休以后就在这里定居，史黛西有时会过来和我家里人一起小住，那时候我总是得想方设法让她在我家两个孩子面前注意言辞，以免泄露秘密。"他咯咯笑道。

没错，他很了解史黛西，我想。

在衬衫上别好安全通行证后，我们坐进面包车，驶向不远处历史悠久的船坞。切萨皮克干船坞及造船公司自 1886 年成立以来，纽波特纽斯造船厂至今已经建造了八百多艘军舰和商船。现在，该公司不仅为海军建造和整修船只，还为其装配弗吉尼亚的州级核潜艇。

格里带我们沿着五百五十英亩船坞的一侧行驶，然后在众多大门中拐进其中的一扇。他必须把握好到达的时间，因为轮班期间有大量工人走动，安全设施会关闭，禁止车辆通行。武装警卫见到我们的通行证后点头放行，我们很快就进去了。驶过杂乱无章的老旧厂房，避开满载建材的铲车，水面终于映入了眼帘。

知道我妈妈行动不方便，东道主特地为她的来访安排了住宿。通常情况下，船工、海军士兵还有其他人员都是徒步登船的。然而我们到那儿时，格里径直驶上一段长长的斜坡，直通足以容纳七十五架飞机的航母的机库甲板。

停车入库后，迎接我们的是一大群岿然不动的船员和摄像师。由于航母刚开始入海军服役，所以人群里有普通造船工人，有一千名水兵，船员多达四千六百六十人。放眼远眺这群穿着制服的船员，我们一下子认出了伊莉斯容光焕发的脸。一辆全地形四座车正待命载着我们四处巡游，我们只开了几百英尺，便来到机位密布的机库尽头。

"欢迎登上杰拉尔德·鲁道夫·福特号航母！"一个男人站在由绳索围出的船舱前说道。一位高大魁梧的军官走过来，对我们说："我是麦考马克上校，这艘船的指挥官。"他的制服同其他人别无二样。妈妈从全地形车里下来和他握手，仰起头与他四目相对。这里还候着一队女水兵，她们一个接一个地都来感谢我妈妈曾经服役，为女性进入海军铺平了道路。船上的护士们，不论男女，也为妈妈曾经是战争中的护士而向她致敬。

在数百名水兵的注视下，麦考马克上校将我妈妈的安全帽换成指挥官鸭舌帽，接着向所有人复述了我们家与杰拉尔德·鲁道夫·福特之间的故事，以及战后他对爸爸妈妈的帮助是如何表现了前总统的正直。麦考马克指着雕像，对妈妈问道："你觉得如何，塑得像吗？"

"恐怕也没有其他人年纪大到见过福特先生这副样子了。"妈妈回头看着那个秀发浓密的魁梧水兵说道，我和麦考马克上校相视一笑。事实上，我想，这里的大多数人能记得的是，1974 年理查德·尼克松总统卸任后，62 岁且已经秃了头的福特成为美国第 38 任总统。

仪式结束后，我们又被引回原地等候全地形车。"现在我们想带你们去飞行甲板看看，"上校说，"不过你们要坐一种电梯。"我们疑惑地看着对方，脑海里浮现出普通电梯的样子。结果上校的意思是，我们要坐的电梯是八十三英尺长、五十二英尺宽，能将飞机从机库运到飞行甲板的三台升降机。"我们还没测试过这台电梯，"他继续说，"所以这将是我们所有人的第一次。"妈妈转了转眼珠，笑了。她很愿意参与这场刺激的测试。

许多造船工和水兵陪在一旁，兴奋地期待升降台的首次运行。警报器高声响起后，平台轰然震动，不过几秒钟我们就到了。司机将车从电梯开上五英亩的飞行甲板，缓慢行驶着，方便上校轻松跟在旁边同我们交谈。他解释说虽然在海军完全控船前仍有许多事尚未完成，但大多发射战机的必要器械是可以使用的。四名水兵向我们演示了甲板上的液压翻板如何在手势指挥下改变排气的方向。

"航母上的操作员都是一些十九、二十岁的青年，"麦考马克上校指着演示说，"看到海军有这么多能干的年轻人，我很自豪。"

看得出来这也让妈妈非常自豪，她曾经也是那些为国效力的二十岁年轻人中的一员。我明白，对妈妈来说，这次参观重要的不仅是看到新一代航母，更是看到新一代的美国人准备好保护七十年前她曾自豪地为之奋斗的祖国。

接下来，我们参观了船上的一些尖端科技，其中一项是新的弹射系统。从前蒸汽动力的弹射器现在改用电磁发射，可以在三百英尺的距离内以二百英里的时速推动飞机。我们一路沿着甲板上弹射器轨道的轮廓走到船头，一路想象着一个战斗机中队由此起飞参战的情景。"我们一天可以出动二百七十架次战斗机，"麦考马克上校告诉我们，"这是其他任何级别航母都做不到的。"

为了向我们展示这个系统如何运转，我们被送到甲板上支起的巨型电视显示屏前观看视频。妈妈在位子上坐直了看着屏幕，听一位技术工程师解说视频中福特总统的女儿苏珊此前在海上实体试验所做的一些发射测试。测试中，若干驳船模样的"雪橇"复制了某型飞机的重量，被用于代替真机发射。"这真是了不起！"妈妈看到它们从船头发射飞出去很远后感叹道。我们看到它们在水中漂浮着等待后面的直升机去回收。

麦考马克上校本人曾经当过海军飞行员，他不仅回答了我们所有的问题，还分享了他在移动的航空母舰上驾驶战斗机降落的亲身体验。他指向跑道上一对可伸缩的塔架，架子撑起一张巨网以"接住"降落时错过尾钩的飞机。"降落的飞机就像被一只大棒球手套接住。"妈妈做了一个连麦考马克上校也不得不认同的比喻。

随着精心安排的旅程接近尾声，我们驶向"指挥岛"——它伫立于飞行甲板上，是高达一百五十英尺的巨大建筑，这里是管理飞行甲板及整艘船的指挥中心。"何不在这儿拍些照片留念呢？"

上校说这话时，我们看到附近有很多人在排队等待。每来一组人在她近旁排开照相，妈妈便笔挺地站直身子。之后，我们坐进全地形车，回到升降机处，下行时再一次集体惊讶于这台一百二十吨的电梯的速度。

离开平台，我们重新进入机库甲板，一群全由退伍老兵组成的造船工人站成一排，正等着妈妈从上面回来。他们轮流跟妈妈握手，一个接一个地介绍自己服役的军种及时间。他们的服役时间加起来已经超过二百年。妈妈显然被这一举动所感动，真诚地看着每一个人的眼睛，同时伸出她瘦小的双手握住他们的手。

后来，在我们回去的路途中，海军记者团和公关部的人在面包车里向妈妈提了许多问题。机库甲板已经恢复了工作，轰隆声中，他们的问题以及我妈妈的回答都听不太清楚。

我凑近了些，只能听见一个水兵在问："到目前为止的旅行中，你最喜欢的是什么？"

每当有人向我妈妈提问题，我还是会有点紧张。当然，我看过她在全国节目上的完美表现，也知道她习惯了在街上被人认出来，但是作为她的儿子，我忍不住要为她担心。有时人们对她有许多期望，而我认识的她是一个谦逊安静的人。我保持着微笑，屏气凝神地等着听她会说出什么。

妈妈伸长了脖子，注视着那个年轻水兵的眼睛，皱着眉头思考了一会儿。她先说了一声"噢"，接着回答道："我得说就在这儿，这就是我最喜欢的！"

第十三章

风情

从马萨诸塞州的温斯洛普到缅因州的巴尔港
五月

[蒂米]

不知何故，一直以来我总是被食物所吸引——食物的烹饪方式、食物的味道以及食物的看相。以前，我从未想到，原来我在很小很小的时候就有这一兴趣。此次全国旅行，妈妈跟路上每个愿意听她唠叨的人，讲述了我两岁时是怎样玩烹饪游戏的。据说我会把纸撕成小碎片，摆到我的旧锡盘上，当作晚餐。

九岁的时候，我在爸爸妈妈的那台黑白小电视模糊的屏幕上看朱莉娅·查尔德。这个尖嗓门、喜欢黄油的高个子女人让我着迷。她的节目《法国厨师》是美国最早的电视烹饪节目之一，她在速冻"电视便餐"风行的年代向大众介绍了法式烹饪。俄亥俄州克利夫兰的堂兄弟过来玩时，他们可以背出当地印第安棒球队的全部得分记录，而我所能告诉他们的是如何煎好一个蛋卷。

我的妈妈算不上一个好厨师。不过在烘焙方面，她手艺很好。她的巧克力曲奇和草莓大黄派做得尤其好。我想她是受了我们家预算的限制，再加上我爸爸对肉和土豆以外的任何食物都不感兴趣。乱炖作为主菜在 20 世纪 60 年代非常受欢迎，我们家总是吃这些乱炖，我们都吃腻了。妈妈的金枪鱼烩面是其中最糟糕的菜品之一。金枪鱼罐头、煮好的意大利面、豌豆加上奶油蘑菇汤只让我想吐。直至今日，因为心理阴影，我仍然吃不了罐头或者袋装的金枪鱼。然而烹饪是我们之间的纽带，我总是好奇妈妈在厨房里做些什么菜——即便她做出来的菜我不喜欢——而自从我能踩着凳子够到炉灶起，准备食物就成了我们共同的工作。

十多岁时，替一对老夫妇做饭的经历让我见识到了更加宽广的烹饪世界。突然之间，洋葱、大蒜、羊肉和海鲜成了我生活中的一部分。高中时期为了尽可能拓宽视野，我经常跑到托莱多的中国饭店，了解当时我所能接触到的最具异域风味的美食。

对食物的兴趣贯穿着我的一生。即便是在相对拮据以及二十多岁信奉素食主义的年代，我也能用触手可及的食材做出点东西，然后迫不及待地和别人分享。大多数人都只有一到两种沟通和接受爱的方式，而我很早就发现，食物是我的爱之语。生活中没有什么比为别人准备一顿饭更让我高兴的了，这是我向人们展示我爱他们如爱家人一般的方式。

现在既然妈妈跟着我来一起旅行，我很高兴有机会与她一同探索这种爱。我和瑞米也希望她能尝到过去九十年里因为大萧条，因为爸爸的偏好，因为紧张的生活预算以及地域供应限制而错过的很多美食。在开始冒险之前，我们就下决心尽量每到一个州吃一道特色菜。

在密歇根州的上半岛，我们品尝了帕斯提（一种 19 世纪英国康沃尔郡矿工移民到此地时传来的肉馅饼）。塞满牛肉丁、洋葱、土豆和芜菁甘蓝，这个半圆馅饼里没有哪一样不吸引她。在威斯康星州好办，我们品尝的是新鲜奶酪块，我向妈妈演示怎么把嘴里的奶酪小块吃得吱吱作响也十分有趣。因为我们都不敢尝试卢特鳕鱼（碱液浸过的鳕鱼，室温下食用），所以，我们在明尼苏达州选定的是另一经典——油炸食品，我们每人都要了一份脆炸奶酪通心粉三明治，吃完后，连我妈妈这样娇小的人也要开始担心身材长胖了。

在南达科他州比较棘手，部分是因为我们从没听过的契斯里克，也不知道要去哪儿弄。"来点契斯里克吧。"我们会用这句话跟妈妈开玩笑。我现在了解到这种最早诞生于高加索地区的美食，实际上就是切块的红肉——通常为羊、鹿肉或其他野味——油炸后撒盐，然后用牙签戳着品尝。当时我们选了一些获奖的微酿啤酒作为替代品。进入怀俄明州后，不用费多大工夫就能劝动我妈妈尝试她的第一个水牛汉堡，"跟普通的老式汉堡相比较，我更喜欢吃这个。"她抹掉下巴上的番茄酱后宣布。

到了科罗拉多，我们在各州的烹饪冒险遇到了障碍。我和瑞米在那儿住了许多年，对当地的名菜——落基山牡蛎非常熟悉。"牡蛎"只是一种委婉的叫法，它们实际是油炸的牛睾丸。就算是说服了妈妈去尝试，出于对一切内脏的反感，我自己也吃不下去。似乎，我们宣称的美食冒险才去了五个州就不得不终结于此了。

但当我以为可能要结束的时候，突然意识到我最惦念的不是食物本身，而是其中蕴含的社会文化元素。这指的不仅是让妈妈品尝到新奇迥异的食物，更是要让她感受我们所吃的东西、用餐的环境和一同进餐的人。

跟别人围着一张桌子吃饭最能让我感觉到自己活着，地球上没什么其他生物是在桌子上进食的，这是人类独有的一种行为。分享美食总提醒着我，食物的意义不仅在于维持生命，而这种感觉是我想和我妈妈分享的。从那时开始，我们对地方美食的搜寻开启了一种新的维度。

后来我们又品尝了好几个州的经典菜肴。且不算阳光之州我们自己研究的佛岛酸橙派，我们品尝了新墨西哥的青椒、路易斯安那的海鲜秋葵汤和佛罗里达的石斑鱼三明治。但当我们追寻着春天来到东海岸时，品尝的已远不只是地区特色，还有与原本陌生的人及社区之间的情谊。即便是我，也没有想到一顿饭会将我们和刚认识的人如此密切地联系在一起。

在波士顿找宿营地是不可能的事。最近的一处宿营地位于马萨诸塞州的福克斯伯勒镇，距离波士顿市中心约四十英里车程。游览期间，我们在那儿住了五天。刚抵达的时候，我和瑞米在波士顿公园遇到了老友杰夫和他的女朋友玛姬，便一起轮流推着我妈妈沿二点五英里长的自由之路散步。小道曲折蜿蜒，穿过市中心，串

联了十六个与独立战争及美国独立有关的历史遗迹。经过波士顿的小意大利区时，我们决定去品尝一下正宗的肉丸三明治，妈妈则一定要去迈克点心坊尝尝卡诺里奶油甜馅煎饼卷才肯离开汉诺瓦街，她真的很喜欢这种甜品。其余的时间，我们就待在房车里，妈妈自己滑着轮椅环绕营地，边转悠边读我们从俱乐部新带回来的一摞书。

两个月前，我们收到波士顿城外一位副警长的消息。丹尼中士告诉我们，他有很多朋友在关注着我妈妈的脸谱网主页，大家都想让我们顺便在波士顿停留一下。又是龙虾卷和啤酒，又是私人游艇畅游波士顿港的许诺，妈妈很难抗拒这些邀请。受邀以来，我们和丹尼中士一直保持着联系，快到波士顿时，我们打电话通知他，我们住在附近的福克斯伯勒，如果提议还作数的话我们便预备动身进城。

"那太好了，蒂米，"他说，"这个周末如何？天气应该不错。"

"呃，我们星期五之前必须离开营地，丹尼。"我如实告诉他。事实上，整个地区周末的车位已经预售一空了。

"那么，到时候你们到我们社区宿营就好了。"他应道。

在网上略做调查后，我们了解到丹尼中士所说的"社区"是在波士顿海港北入口处，正对着洛根国际机场的一片临海市区。这个市区坐落在半岛之上，与温斯洛普隔着西边一条狭窄的海峡，与东波士顿以桥相连，是马萨诸塞州面积最小、人口最稠密的自治市区之一。

"开房车去肯定是个挑战，"瑞米一边在谷歌地图上放大社区的卫星图像，一边说道，"那里真的很拥挤，看看那些树枝，看上去都不高。"

我从她身后看看电脑屏幕，不得不同意她的观点。视线所及只有一处远离街道的停车点看起来稍微大一点，足够我们的房车停靠。尽管如此，我还是准备好了冒险。

"试试看吧，瑞米，"我鼓劲说，"我们可以试试的，我觉得我们能找到合适的地方停车。"

过了桥进入温斯洛普后，我们发现先前的担忧毫无根据。丹尼中士已经用特警级的准确性和保密性动员了整个社区为我们的到来做好了准备。丹尼的朋友路易在他的车道给我们腾出了一个地方，平坦又开阔，房车停着正合适。我们的水电则由他的邻居珍妮特帮我们解决。"我的大门日夜向你们敞开，"她热心叮嘱道，"过来洗澡也好，只是转转也好，随时欢迎。"

由于担心我们的行踪泄露引发媒体狂热报道，事后丹尼中士告诉我们，他只向几个关键人物透露过周末的宴请对象。他邀请他的好友斯科蒂的妻子谢乐尔为我们做第一天的晚餐，但让斯科蒂对他妻子保密。谢乐尔知道的只是会有重要人物来访，以及应该准备一桌她最拿手的意式宴席。

真是一场盛大的宴会。妈妈坐首席，平常十二座的大餐桌那晚多了不少人。桌子上堆满了菜，边沿几乎连一个盘子也摆不下了。大盘大盘的夹心通心粉、大肉丸、意大利面、炭烤里脊、虾以及各种蔬菜，在我们眼前迅速频繁地补充着。甜点上了一个巨无霸葡萄酒蛋糕，足足有我妈妈脑袋的三倍大。这顿丰盛的大餐将一大群来访的食客联系在了一起。丹尼的亲朋好友、左邻右舍，以及一位波士顿地区的助理检察官、一位州参议员，都在那晚与我们朵颐畅聊。

第二天，我们的心和胃都还是满满的。我们推着妈妈穿过街区前往恰克和南希的海滨小屋。同行的还有几个昨晚认识的朋友，他们打算和我们一起游览波士顿港。抵达港口，我们被引着通过一个长码头直达查克的四十六英尺游艇——"我的女孩"。在那儿，主人向我们表示出了更加热烈的欢迎，随后他离开去处理他的餐饮事务。他在南波士顿有一家大型餐饮公司，他还为提前离开向我们表达了歉意。

离开前，他把我们介绍给了请来掌船的朋友：卢和当地船具商店的老板加里，两人都是经验丰富的老船员了。事实上，卢还是温斯洛普渡轮上的一名船长，我们相信此行无须担忧。登船的时候，我知道让我妈妈上驾驶舱，非得大家齐心协力不可。于是我护在左侧，丹尼用手环住妈妈的腰，稳稳地将她举过上船的四级台阶。斯科蒂则护紧另一侧，紧贴着我妈妈站着。

那日天气晴朗，阳光明媚。我们站在甲板上跟新朋友聊着天，领略波士顿港的风景。三小时后，准备返岸时正好有飞机进机场，我们的船在航道的尽头停留了一会儿。望着下降的喷气飞机从游艇甲板上几英尺高的地方轰鸣飞过，落入洛根国际机场，所有人都朝着透过舷窗清楚可见的乘客挥手。

经过二十四小时的活动，我们晒黑了皮肤，依旧容光焕发。我们回到房车里稍作休息，接着该吃龙虾大餐了。我们跟在丹尼中士身后，去了一家当地的老字号——贝拉艾尔海鲜。我推着妈妈一进门，立即受到了一屋子人的欢迎和祝福，甚至还有孩子们举着写了"欢迎来到波士顿，诺玛小姐"的自制标牌。

老板吉米为妈妈蒸了店里最肥美的龙虾。他和丹尼中士走到她身边，给一脸喜气洋洋的妈妈系上印有鲜红龙虾图案的塑料餐巾。这两个大男人分别坐在妈妈瘦小身躯的两侧，剥壳、剔肉，再用手喂肉，万分细致地照顾她吃着我所见过的最大的龙虾。她一边享用剔出的虾膏，一边抬头看我，微笑的嘴唇油光发亮，一个劲儿评论道："好吃！"

妈妈吃饱了，惬意地和年轻女孩们说话，我也放心地和吉米聊起天来。在将近一小时的时间里，我们谈论了各自的母亲、生活、死亡，以及和这个话题相关的一切，这些对于刚认识的两个人来说是非常私人化的话题。

"相识十年，我从来没有和吉米谈过这么长时间的心。"丹尼告诉我。后来我们要走的时候，我去找他，却听说吉米已经含着泪回到了厨房。我问他的妻子斯蒂芬妮，他能否出来告个别，她默默地摇了摇头。"他太感性了，无法看着你们离开。"她告诉我们，"他不想道别。"

次日是星期天，这意味着我们也该继续向北走了。我在房车里一边固定着物什，一边回想我们在此短暂停歇之间所遇到的人。但想得最多的，还是吃过的食物、意大利盛宴和龙虾。这两日，珍妮特除了为我们提供水电，还在早上准备了自助早餐及午餐。我回想起自己多么轻松地就对认识不过几小时的人倾诉衷肠，而这份坦率又得到了多么真诚的回应。

离开的当天，珍妮特借口"办些杂事"去了趟温斯洛普警局。我们浑然不知，她悄悄地安排了警察护送我们出镇。之后没多久便来了两辆巡逻车。

准备启程了，大家泪眼蒙眬地道了别。在巡逻车的引领下，我们每行到十字路口都有警灯警笛开道，就这样一路穿过温斯洛普的狭窄街道来到小镇边缘。他们在小镇境内停下车，一名警官上前解释这里已经是管辖范围的尽头，他们得回去了。我从驾驶座的车窗探出身来同他握手道别："感谢你们所做的一切。"他的泪水流过脸庞，满怀不舍地放开我的手。

———————

离开温斯洛普，我们向着大西洋沿岸之旅的最北点——缅因州的阿卡迪亚国家公园前进。春天的踪影在抽芽的新枝和零星开放的早花之间仍依稀可寻，我们的时机把握得刚刚好，度假的人潮还要再过几个月才会抵达。我们从芒特迪瑟特岛西端的海滨营地出发，去公园一待便是一天。在和丹尼中士以及温斯洛普社区其余诸位度过那样一个热闹的周末以后，这里的清静很让人享受。

待在那儿的最后几日，一天早晨，"诺玛小姐的旅途"收件箱里的一条消息引起了我的注意。

去年我的父亲被确诊出癌症，悲痛之中，我们读了《最好的告别》，接着就看到你的旅行。我深信冥冥之中老天安排这样的顺序并非毫无缘由。如今我在阿卡迪亚之友协会工作，办公室位于巴尔港的市中心。我关注你并从中汲取快乐已经有一段时间了，很想在你离开前跟你见上一面。巴尔港小屋街有家很棒的煎饼店，我早上八点到那里。请问，你有时间吗？

我看了看手表，现在和丽萨去吃煎饼有点晚了。不过我们本来计划好那天要再跑一次阿卡迪亚国家公园，去那儿的途中会穿过迷人的巴尔港。

"这人似乎不错。"我对瑞米说，"她的工作单位阿卡迪亚之友协会是一个非营利性的环保组织。咱们今天应该试试用什么方法联系上她。"

"不妨游完公园，我们就顺便去她工作的地方看看吧，"瑞米提议道，"我们可以给她一个惊喜！"

有了之前与陌生人共处经历的鼓舞，再遇到新朋友，我们已经能非常熟练地遵循社交本能，有时甚至能够积极主动，今天就是这样的情况。读过丽萨的留言后不久，我在其组织总部相隔一个街区的地方停下车。我和妈妈留守，瑞米则下车去看看丽萨在不在。很快，她回来告诉我们丽萨不在总部。

"同事说她在当地基督教青年会练太极，"瑞米告诉我们，"咱们去找她吧。"

来到镇子另一头的单层活动中心，我和妈妈在外面等着瑞米进去打听太极课的教室。丽萨正好面朝我们在窗户前练习，动作做到一半，她突然看见站在外面的我们。相认的喜悦使她脸上绽出光彩，她跑着出了楼，冲到妈妈身边。

　　"你们是怎么找到我的？"她惊呼道。

　　我们详细地描绘了一番此前的侦察，和她小聊着直到丽萨得回去工作。她感到谈话意犹未尽，又问了一句："各位今晚不如来我家一起吃饭？你们喜欢海鲜烩吗？"

　　无须交换一词，我飞速瞟了瑞米和妈妈一眼，答道："非常喜欢，我们什么时候去合适？"

　　丽萨和丈夫鲍勃、年幼的女儿格蕾丝一家住在岛上一处游人罕至的地方。我们开了许久的车，差点迷路，终于来到密林深处盖着他们三层自建房的一小片空地上。我们惊叹这圆屋顶的柔美，还没走进这座魔力小屋，我们就先着了迷。

　　一进门，新的烤面包香味就扑面而来。蔬菜已经在炉上慢慢煮着，一盘子新鲜海鲜正等着下锅。瑞米和妈妈向鲍勃讲起我们的冒险经历，格蕾丝在另一间房里与林果嬉戏。

　　而我一如既往地直奔灶台。打下手时，丽萨向我倾诉了她爸爸与间皮瘤的斗争以及这对她的影响。站在厨房中央，伴着木质砧板上"咔嚓咔嚓"的切菜声、炖菜"咕噜咕噜"的煮沸声以及屋子里飘荡的谈笑声，我和丽萨分享了许多故事。很快，谈到对各自父母身体状况的担忧，我们还分享了眼泪和拥抱。

　　晚饭后，我们在丽萨家里逗留到很晚，久久舍不得终结这片欢意浓情。六岁的小格蕾丝爬上楼，显然是准备更多活动去了。回来时，她带了一只湿漉漉的猫，"诺玛小姐，给你。我刚给我的猫咪洗过澡，现在你可以抱它啦！"说着，她把猫咪放在妈妈的膝盖上，屋里顿时爆发出一阵大笑。和素昧平生的人共享这样平凡的瞬间感觉非常美妙。妈妈终于打起哈欠，是时候该回去了。道别时，我和丽萨相互约定要保持联系。

出了森林，驶上回营地的柏油路，一种祥和的宁静笼罩着我们。瑞米蜷缩在副驾驶座上，从后视镜中，妈妈和林果依偎在后面。我感觉非常充实——腹里填满美食，心里充满爱意。

我一边开车，一边回想起我们穿过南方、沿东海岸北上时吃过的许多美食。想起十一月妈妈在新奥尔良尝试吃生牡蛎的样子，我笑了起来。在菲力克斯牡蛎餐吧提出这个想法时，她一开始的反应是一贯的："啊，我不知道。"

不过无论如何，我们还是乱七八糟地点了一堆：有生的、烤的，还有洛克菲勒式的。菜上桌后，妈妈勉强答应每样尝一个。她津津有味地吃了那些煮熟的，但是到了生食的时候，可以看出她有点犹豫。"啊，我不知道。"她盯着长满半个壳的灰色肉团，又说了一遍。

然后，见负责我们这桌的女服务员忙活到了附近，她目光一闪，狠下心决定放手一试。妈妈仰起头，将牡蛎滑进嘴里，黏糊糊的质感让她不禁眉头轻锁。但她没有退缩，咕噜一声吞下去后点评道："不算太难吃。"服务员轻快地走了过来，用浓厚的南方口音拖长了调子说："亲爱的，你比我勇敢多了。我在这里工作了十八年，从来没有试过一个生牡蛎。"妈妈羞怯地笑了笑，接着又吃了一个。

夜色渐深，车子在空荡荡的路上继续开着，我还想起我们在泰碧岛吃过的"北滩烧烤"。有脸谱网粉丝推荐我们去那儿拜访一下"大乔治"，我脑海中仍能看到那间色彩缤纷的海滩棚屋餐馆，也还能听到在俯瞰萨凡纳河与大西洋交汇而成的白色沙洲的露天平台上，风吹棕榈的沙沙声。

等饮料期间，我们注意到一个戴着鸭舌帽的光头非裔，微笑着从厨房门边一张餐桌旁站起身。我想这一定就是大乔治了。他身高六点五英尺，体形壮硕，穿着蓝色牛仔裤和一件带有拉夫·劳伦标志的红白蓝三色马球衫。这个巨人从容地走过粗木地板，在我妈妈旁边的一桌坐了下来，强壮的臂膀将她整个人紧紧圈住。

"啊，你肯定就是诺玛小姐了，"他用与其体形不符的南方柔腔说道，"你所有的消息我都有关注。"

妈妈羞红了脸，点点头，"为什么……是的，我是。"她答道。

"我和伙计们刚刚还在看你的脸谱主页，"他说，"没想到你真的来了。"

很快，大乔治向我们解释起他的人气餐吧里之所以有那么多"伙计"却没一个女服务员，是因为他更喜欢雇那些时运不济的小伙子。他不仅给这些伙计提供了工作，还会亲自指导他们，给予他们关爱与尊重。他对他们而言，就像是一个父亲，妈妈或许对此非常认同，从她靠在他臂膀里的放松，我看得出来她立刻喜欢上了他。

在我们用餐的过程中，大乔治走过来和我们坐在一起，又是同妈妈聊天说笑，又是问我们吃得好不好，最后还建议我们来一点自制巧克力焦糖蛋糕做甜点。一晚上的工夫，我们就变得像老朋友似的在一起开怀大笑。他坚持替我们买单，并邀我们在离开泰碧岛前再去看他。

现在快从丽萨家回到营地了，我开始回忆起东海岸那些相对而泣的面孔。虽然彼此才认识，但随着一桌饭在面前摆开，温馨安全的氛围让我们觉得能够直接深入探讨关于失去、家庭、生命意义的深刻话题。不管拜访的是整个社区还是仅仅一户人家，我都在满载食物的餐桌及厨房，找到了这种人与人之间相互支持的真诚。

我又看了看后视镜，望见妈妈睡得香甜，林果将头枕在她膝上，也睡着了。我意识到，距离我用纸为她做晚餐或是在炉灶前踩着凳子站在她身边，已经过去许多年了。这辈子我一直想通过食物来表达爱，无法想象经由厨房收到了多少爱的回馈！

第十四章

平衡

从宾夕法尼亚的匹兹堡到怀俄明的黄石国家公园
六月至七月

[瑞米]

春天，我们一路吃着美食走过东北地区，之后往西转向宾夕法尼亚州，恰好在夏初抵达我儿时的故乡。这一站我们计划良久，开着房车风尘仆仆地赶了好几个月，只为参加一件大喜事：我童年时代最好朋友的婚礼。

就是这位朋友，1982年新年前夕将我们一群十多岁的女孩聚在一起，在她爸爸妈妈的厨房里开霹雳舞派对；就是她，二十多年前紧张兮兮地向我表达她的性取向，坦白我早已察觉到的事实；就是她，为了我的五十岁生日，成功地将一大堆丰厚的礼物送达我当时所在的加利福尼亚沙漠里的偏僻宿营地；也是她，当我们进行"诺玛小姐的旅途"的疯狂旅程时，在电话那头分享我们的喜悦。

能够受邀主持帕蒂和阿普里尔的婚礼，我很兴奋。因此临近6月18日，我们早早在熊跑溪宿营地里安顿下来，花了几个星期为婚礼做准备。蒂米送给两位新娘的礼物是婚宴的餐饮；而我则是在这个激动人心的时刻，尽我所能支持她们，消除压力，活跃氛围，最终促成这个美好仪式顺利成礼。

六月之前，我们一直在享受着如小说般的旅行。对于路上遇到的几乎所有事物，诺玛都做好了准备，她的健康状况看起来没有恶化，反而有所好转。在药物作用下，她的精神很好；经过我们一起探索美食，她更是一点一点地增长了些许重量，脸色也因常在室外沐浴阳光而变得红润，诺玛依然快乐地活着。诚然我们有过许多起起伏伏，但是普雷斯克艾尔的打击过去了将近一年，如今已像是隔着千里之远。似乎大多时候，事情的发展总是顺风顺水。我们想，这就是幸福的顶端了。

婚礼前一个星期，我和蒂米、诺玛跟着帕蒂去横带区再次享受美食，又爬上芒特华盛顿区的斜坡俯瞰匹兹堡市中心，疯玩了一整天。回到房车，我们发现心爱的贵宾不太对劲。我们想也许他的喉咙里卡了什么东西，然而越看越觉得情况不妙，他对着最喜欢的食物耸起鼻子，想吐又吐不出来，低垂着头，目光涣散。

我们赶紧在谷歌搜索了一下"我附近的宠物急诊室"，然后我和蒂米坐上吉普车，开了人生中最漫长的二十分钟车程。诺玛被留在房车里，匆忙之中，我们甚至没有时间停下来跟她说明情况。

X 射线显示林果胃痉挛，身体已经发肿。"他不行了，"威尔逊医生直截了当地告诉我们，"唯一的机会是立即手术。"她说话的语气不太抱有希望，仿佛过去曾被乐观主义的火焰灼伤过。

宠物医院的工作人员问了我和蒂米许多问题，与这几个月来我们和诺玛的讨论如出一辙。"如果他心脏停搏，你们要做心肺复苏吗？""你们愿意花多少钱治疗他？""如果救不回来，你们想让他火化吗？"这是个极其痛苦的过程。

然而我惊讶地发现，我们代替林果所做的回答与诺玛的不尽相同。林果是我们家的一分子——他是我们的乖孩子、稳定剂，是无人理解时给我们治伤的贵宾。他不能死，还不到时候。

"噢，上帝啊！"透过紧绷的胸口，我只能挤出这么一句话。

一名年轻的宠物医师拿来一张两页长的清单，列举了挽救林果生命可能需要的项目费用。她从顶端读起，念了一长串我听不清也听不懂的名词，蒂米肯定也有同样的感受。他打断她说道："时间宝贵，只需告诉我最重要的就好。"手术需要一大笔钱。我们在这里没有如此多的现金，没有抵押物，然而我们无法想象没有林果的生活，不论如何还是签字了。

蒂米的口袋里有一张未兑现的支票。八年前，他从他妹妹那儿继承了一辆车，由于情绪低落，我们最近才卖掉它，卖车的钱刚好够预估的手术费用。我们确信，史黛西又一次以某种方式守护了我们。

医生在为林果做术前准备。林果的左前肢打着点滴，向道晚安或许是道别的我们摇了摇尾巴。蒂米插上车钥匙点火时，我在一旁看着他，他的眼睛又红又肿，我的眼睛一定也是这样。胃里一阵翻腾，两手发颤，我想我可能是病了。蒂米顶住决堤的泪水，勉强开车回营地。我们两人看上去都很狼狈。

我们失魂落魄地踏上房车的台阶，一下子瘫倒在诺玛旁边的沙发上，我们情不自禁地抽泣起来。以前还从未像这样，没有做一句解释就留下诺玛一人。蒂米断断续续向诺玛讲述了糟糕的状况，讲到细节处不禁哽咽起来。"情况看起来不妙啊，妈妈，我们不知道会发生些什么。"说完他又抽泣起来，伸出手来握住我的手，我们消沉颓然地并坐着。

"听着！"诺玛突然坚定地说。听她开口我吃了一惊，止住了眼泪，惊奇地望着她。她没有叫嚷，声音却洪亮而坚定。我抬起埋在手里的脑袋，瞥了一眼看上去比我更惊讶的蒂米，然后目光转回到坐在对面突然发令的诺玛身上。"你们一定要积极乐观，"她命令道，"只有你们积极乐观，林果才能知道他不会有事，否则对他没有好处。"

我们没有像往常那样又唱又跳，九点后我们安静地送诺玛上床睡觉了。受她信念的鼓舞，我们试着振作起来，不过听到宠物医院的消息以前是睡不着了。过了三小时，不安和焦躁才在我的手机铃声中消散。"我已经给林果做过手术了，有个好消息，"威尔逊医生解释说，"他的脾没有损伤，你们送来得刚好及时。"

电话那头的威尔逊医生的声音断断续续，蒂米和我在紧张地听着，两颊紧紧贴在我俩共用的手机上，交织滑落的泪水滴湿了下面的地毯。"也就是说他没事了吗？"我满怀希望地问。

"他还没有脱离危险，"她警告道，"胃和其他所有器官看起来都很正常，但大型犬类麻醉苏醒后的反应总是难以预测。现在，没有消息就是好消息，你们先睡个觉。除非有并发症，我明早再打电话过去。我打这通电话只是想让你们知道他目前的状况。"这位外科医生听起来疲倦而自信，依旧谨慎地避免给予我们任何虚假的希望。我们一直屏住呼吸，电话结束的那一刻才深深地松了一口气。

祷告之中，时间渐渐过去，一夜无眠。早晨的电话是好消息。林果从手术中挺了过来，恢复得很好。"这边还要观察几天，但你们想来的话可以过来探病。"前台接待员告诉我们。"我们三十分钟后到。"蒂米回道。

林果一瘸一拐地走进会客厅，看到他昏沉困惑的样子，一阵宽慰感席卷而来。我们小心地将手指穿过他柔软的绒毛抱紧他。这次他与死亡的擦肩而过是一个警钟，直到那时我们才意识到，我们根本没有免疫噩耗的能力。

————————

之后的一周对我们所有人来说都很艰难。林果不愿吃兽医嘱咐的特别狗粮，所以蒂米开始在做我们的饭之外，还要做狗狗的炖菜。除了照顾好诺玛和我们自己，我们还尽力照顾林果，一日要给他喂四次药。

婚礼那天，为了拍摄金色晨曦中的新娘，我早早就起了床。这是初夏完美的一天——阳光温暖而不灼人，天空不见一片云，一点下雨的征兆也没有，正合每个新娘梦想中的结婚日。我们三个女孩，笑着，肆意欢闹着，尽情创造一个难以忘怀的美好时刻。

拍完照片，我及时赶回营地帮诺玛做早晨的例行护理，同匆匆出门的蒂米打了个招呼。今天，蒂米要为来势汹涌的一百二十名客人准备自助餐。我们已经算好了时间，确保诺玛和林果都能得到仔细的照料。

　　诺玛很久以前就选好了她的婚宴套装，出房门时她多花了一点时间穿着打扮，甚至还为这个特殊场合涂上了浅浅的粉色口红。但是，似乎有什么不同了。她看上去不太精神了，标志性的微笑从脸上消失，取而代之的更像是痛苦的表情。

　　"你在这个美丽的早晨感觉如何？"我掩饰着声音里的担忧问道。她目光盯着地板，说道："今天不太好。"这令人担忧。自我们从普雷斯克艾尔的车道出发，和她一起上路的十个月以来，我从未见过她这样沮丧。

　　她喘不过气来，她说。她的腹部出现了一种陌生的疼痛，她看上去惊恐不已。是肿瘤压迫了什么引起不适的吗？她的心脏在衰竭吗？病症有转移到肺部吗？虽然难以判断，但这种转变是显而易见的。她不舒服，很害怕，而且跟往常一样，不想成为一个负担。

　　我忍不住自私地想："开玩笑的吧！为了这一天，我们准备了好几个月。今天是我见证我的好朋友幸福的日子。好不容易解决了林果的危机，现在又……"我累了，我们都累了。

　　"难道她心里对同性婚姻有看法，一直到现在都没有说？"我思索着，"是不是她太害羞，只好借由病症来摆脱这种不舒服的社交场合？还是说她真的病了，可能已经日薄西山？我能做些什么呢？"我们得好好谈一谈。

"咱们一起坐一会儿吧，诺玛。"我轻柔地对她说。"你反感两个女人的婚礼吗？"我问。"噢，不，我很为女孩们开心，"她回答道，"我只是觉得今天身体不太舒服。"

我告诉她，我不放心让她一整天独自留在房车里。她同意去新娘家，外面举行婚宴时她就待在屋里。我们都知道这办法不太理想，然而眼下距离新人礼成说"我愿意"只剩六小时了，除非取消婚礼，我们别无选择。

我帮着林果沿借来搭在房车外的坡垫走下，进入面包车，小心翼翼地不让他纤弱的缝针处裂开。诺玛是下一个。我牵着她的手走下五级台阶，扶她坐进轮椅，推到车旁，再托着她坐上前座，然后把坡垫和轮椅都塞进面包车后面。十英里外，正当参加婚礼的客人抵达会场来享用佳肴和饮料的时候，我在这里安顿我的两个病人。

婚礼仪式是在帕蒂和阿普里尔乡下房子的偏角处一棵完美匀称的老橡树下举行。大量的彩色玻璃装饰从树枝垂下，将大自然变成一座令人惊叹的教堂。客人鱼贯而入，各自在干净的干草垫上找位置坐下。当我的两位朋友穿过田野，来到树下与我会合时，浓烈的爱情和庆典氛围势不可当。不知怎的，这一刻似乎非常重要——我们所有人都没有参加过这种特殊婚礼，直到现在。

我们不断地听到这场婚礼有多么可爱的赞扬之声。有些人说他们从未经历过如此真诚、个性又真实的仪式，这准确地反映了这对新人的性格。"今天为爱庆贺！"一个客人喊道。"瑞米，你搞定咯！"另一个客人喊道。没有人知道我心里一团乱麻，正在为诺玛没有精力来见证这一美好仪式而沮丧不已，又担心她的身体真的出了问题。我多么希望她能坐在那棵宏伟的橡树下，歌颂爱情。

然而事与愿违，之后我们发现，她的心脏衰竭了。

"我不想去看医生。"她在婚礼后的第二天又说了一遍。房车外，一阵温暖的夏日微风让空气凉爽了一点，我们坐在车旁试图说服诺玛，她得去医院。通常我们很尊重她的意愿，但她看上去已经虚弱到不能继续置之不理的地步。在我们心中，拒绝医疗和由此造成的不必要的痛苦之间存在着一条清晰的界线。她双腿膝盖以下的部分都肿起来了，呼吸也不顺畅。我和蒂米可以看到她慢慢地被自己的体液淹没。

"也许有法子让你感觉舒服一点，"我恳求她，"起码先把问题诊断出来吧。我们不会让医生做任何违背你意愿的事情。"我们保证道。婚礼三天后，她终于勉强同意了。

在当地的急诊室，我们获知诺玛的情况超出了他们的治疗水平，她立刻被转到一所距匹兹堡更近的医院看急诊科。我们推着她来到医院门口时，蓦地想起了雷欧最后的日子。

"最后一次看病是什么时候？"负责接待的护士问诺玛。我和蒂米在她如实回答时对视了一眼。"你有十个月没有看过病了吗？"她责备着，同时将视线转向我们，她的语调里有一种叫人不舒服的尖锐。直到那时，我们还是觉得支持诺玛对临终护理的选择没有错。

就在前一天，我们的故事登上了匹兹堡第一大报——《邮报》的头版，标题为《诺玛小姐来到匹兹堡》。显然这儿的医务人员没有看昨天的报纸。

我们带诺玛采集血样做了检测，初步结果显示，她患有充血性心力衰竭和心房纤维性颤动。主治医生建议她今晚留下观察，可蒂米和诺玛都明确表示不想住院。

蒂米恳求道："我亲眼看着我的妹妹和我的爸爸在医院里去世，我不希望我妈妈也这样离去。"

诺玛的身体虚弱枯槁，她抬起头，望着忙碌的医生声明："我不要待在这里。"

"也许现在是与诺玛谈论死亡和临终愿望的好时机。"医生向我们提议道。我和蒂米顿时感觉片刻前的羞愧一扫而光。在这个问题上，我们比他们还早一步。

我们解释了诺玛在确诊患癌时的选择和不去就诊的原因，并请医生能够缓解一些症状，让她呼吸起来轻松一点。我们表明不会考虑心脏手术，但也不会硬撑着逞英雄。

医务人员的态度似乎立即发生了转变。那位护士把我和蒂米带到大厅，为质疑我们没有做好医疗护理而道歉，并称赞了我们对诺玛的支持。她流露出脆弱和沮丧的表情："我希望和患者家人之间有更多与你们这样的对话。"在提到与许多家庭临终谈话的困难时，她轻叹道。

大约一小时后，我们带着开出的呋塞米（一种帮助减少积液的利尿剂）推着诺玛回到车上。一出医院，开始支持我们的医务人员所给予的信心似乎没能持续多久。诺玛的心脏正在衰竭，这是无可避免的事实，她将不久于人世。我感到前所未有地痛心，活在当下，活在这一刻。

────────────

　　我们从宾夕法尼亚州继续向西横穿美国北部，不时在停车场、朋友家，还有房车公园里停歇。巴哈的海滩伙伴邀请我们前往华盛顿州的圣胡安群岛同他们小住，去那里之前，我们去诺玛密歇根州的家待了几个星期。

　　七月的某个周六早晨，全国广播公司NBC的《今日秀》在播报共和党公约和民主党公约之间用四分半钟报道了诺玛的故事。我们来到明尼苏达州的阿米什村，在一家沃尔玛的停车场里过夜。上午大概不到九点的样子，外面咯噔咯噔响着阿米什马车经过的声音，诺玛还在她的房间里睡觉，我和蒂米兴奋地坐在房车前面收看卫星电视的转播。当克雷格·梅尔文对诺玛的采访终于开始时，我们激动不已，止不住地微笑。然而这重要的电视时刻过了约莫一分钟，我们突然听到一声撞击。

　　"砰！"是从诺玛的房间传来的。

　　我大喊："她摔倒了！"但蒂米已经猛地拉开了她房间的推拉

门。她躺在地板上，惊恐不已。

"她撞到头了吗？"我一边朝蒂米嚷着，一边从有些漏气的垫子里起身，跑向他们。

"你能动吗，妈妈？"蒂米问她。

"摔疼哪里了吗？你流血了吗？"他继续问道。

"我的头好晕啊。"她呜咽着说。

"妈妈，怎么了？"

"我本来在整理床铺，突然向后摔倒了。我控制不了自己。"她说着，惊讶于自己身体的失控。

蒂米抱住她的头，我握着她的手，都注意到她一条腿上血流得厉害。老化的皮肤薄如纸片，她又恰巧摔在了浴室门的金属插销上。不过其他方面，大概是多亏了几十年来服用的强骨维生素和不太硬的地板，所幸她没有骨折。

蒂米扶她起身时，她一副惊魂未定的样子。我检查了一下她腿上的伤口，清理后做了包扎，然后我们又围着她忙活了一阵，直到她镇定下来。蒂米鼓励他妈妈慢慢把衣服穿好。

诺玛终于忙乎好了穿衣洗漱。她用了相当于平日里两倍的止疼片，才感觉不那么疼痛，但她没什么食欲了。电视上出现了西海岸播送 NBC《今日秀》的画面，看到纽约市播放的节目里自己富有传奇色彩形象的那一刻，诺玛由内而外地容光焕发起来，一小时前摔倒所带来的创伤似乎已经消失。节目播出后，我们三个人沉浸在涌入脸谱网的成百上千条消息里，它们在最完美的时刻振奋了我们的精神。那天穿越 I-90 前往北达科他州的路上，我们正需要一点爱赐予我们继续前进的力量。

"我很感激你，"晚上，我们在北达科他州的俾斯麦落脚，待诺玛上床以后，蒂米对我说道，"我可以开车、做饭、洗碗、倒废水，但我真不知道我能否处理好我妈妈的伤口，血淋淋的腿可能会要了我的命。"

从他的声音里，我能听出我们都非常清楚现在已经进入了一个不同的护理阶段。我能处理流血的腿，但我能处理余下的工作吗？我比平时晚睡了一会儿，盯着天花板思考起目前已成的事实和未来必然面临的情况。我意识到，热气球和登山之旅或许已经成为过去，新的挑战正等着我们。

七月下旬，我们身处蒙大拿州西南部，我们决定顺路去一趟黄石国家公园的猛犸温泉。我和蒂米曾经去过那儿，想着也许是时候离开州际公路，去我们喜欢的国家公园享受一番了。

我们将房车留在蒙大拿州的利文斯顿，换上吉普车。诺玛还是像之前那样兴奋，只是她又变得摇摆不定、没有自信了，开始用更多的手势和更简短的话语进行交流。

随着猛犸温泉越来越近，走上观泉必经的徒步小道，我不禁回想起几个月前我们在佛罗里达时的情景。那时诺玛能够迈上圣奥古斯丁堡垒的古老石阶，越过大炮眺望马坦萨斯河和更远的地方，看到这样那样的风景她很兴奋，简直没有什么可以阻挡她探索的热情。当然，第二天她会疲惫一点，但转眼间又开始四处探寻起来。

入秋后情况就变了。诺玛每走一步都更加谨慎，似乎越来越依赖于房车里熟悉的扶手来保持平衡，她的自信似乎消失了。她仍有足够的热情去欣赏名胜古迹，但还没走出几步就想回房车里。因为害怕再次摔倒，诺玛越发坚持要坐轮椅，甚至不愿尝试走路。

我们都知道，摔跤往往是生命终结的开始。摔跤容易摔断骨头、撞破头，或者像雷欧那样背部压缩性骨折。我和蒂米很幸运，诺玛除了一点皮外伤外没怎么伤到自己，但这确实标志着一种变化。如果以前我们是全职护理，那么现在护理工作的强度还要提高。

我常跟蒂米讲："记住，我们就此做个约定，我们知道这一天终会来临的。"为了让他做好思想准备，也为了说服自己，每次我都说得很大声。然而，我们知道这一天即将到来和这天到来了是两种截然不同的概念。我真不知道我对此是否准备好了，也不知道是否有朝一日能准备好。

当吉普车沿着怀俄明州的八十九号公路南下时，我头抵着副驾驶座的车窗，叹了一口气。不论秀美的山峰和岩石上流淌的清澈溪流怎样缓和我的焦虑，恐惧和担忧仍占据着我的脑海——会发生什么呢？我们要怎么处理呢？在房车里能办到吗？我渴望让自己坚强起来，承受这些改变所带来的现实；或者将现实缚上鸟翼，随头顶翱翔的鸟儿远走高飞。

我们抵达猛犸温泉的时候，那里已经挤满了车。我们绕着六七个拥挤的停车场转了几圈，都没有空位，最后终于在洗手间附近找到一处可以停车的地方。

安静了一路的诺玛脸上闪过标志性的微笑，见蒂米将蓝白相间的残障标志挂上后视镜，她用熟悉的话打趣道："我敢说，现在你很高兴带我一起来了，不是吗？"

我们发现，从仅有的几条能过轮椅的木板路看过去，都是错综复杂的石灰石阶梯，我和瑞米对眼前的景象有点失望，泉水大多在上方。一名游客一定是察觉到了我们的冒险精神，给我们指了一条通向上层的陡峭小径。"这条路没有台阶，但真的很陡。如果你们准备好了从这里推上去，上面的风景值得你们这趟辛苦。"她说。

在下坡的人群中，我们遇到了许多的反对者。"太陡了，若是我就不会冒这个险。"一位路人警告说。还有人责骂我们："你们是长了腿没长脑子吧！"

我们问诺玛是否想继续前进，她不假思索道："当然，咱们上去吧，干吗不呢？"

开始爬坡时，我们听见有人说："我更担心的是回来要下坡。"类似的评论络绎不绝，但我们不管不顾地继续前进。我看着蒂米抵住他妈妈的轮椅，一步一步往前，脸上挂着一抹微笑。

当我们终于爬到坡顶时，我深深吸了一口气，将手搭在诺玛轮椅的把手上。眺望着群山连绵、历史悠久的黄石堡，我们的银色吉普车吸引了我的目光，绑在我们车顶上的明黄色与橙色皮艇非常醒目。我想起了诺玛揶揄我们的停车位时眼里闪过的光。我想，即使过去两个月里发生了许多可怕的事情，即使我对未来充满恐惧，但诺玛说得没错，很高兴有她陪在我们身旁。

第 十 五 章

改变

［瑞米］

房车不慌不忙地从华盛顿州东部看似绵延无尽的苹果园里轧过，攀上北瀑布国家公园的群峰。这是地图上难得一处我和蒂米都未去过的地方，我们禁不住想慢下脚步，沉浸在四周荡魂摄魄的美景中。经过魔鬼湖时，巍峨崎岖的山峰完美地倒映在冰碛上，绿得有些不真实。要是在平常，我们定会停下房车，找一条徒步小道，开始在此处探索。然而，诺玛正无力地倚着驾驶座位后的斜沙发，恶心难受又喘不上来气。赶紧降到海平面是我们的当务之急。一旦回到海拔较低的地方，氧气增多，她有可能会舒服些，我们唯一的选择就是尽快越过这些山峰。

我们决定在华盛顿州菲达尔戈岛的一处滨水房车宿营地里住几晚，这样诺玛有时间适应一下，再随房车和吉普搭上渡轮前往我们计划的目的地——圣胡安群岛。在那儿，我们打算与巴哈认识的两位朋友——南和史蒂夫一起待上一两个星期。他们就住在华盛顿州的星期五港外。

　　一接近海平面，诺玛的病似乎立刻就好了。很快，她开始在我们暂时称之为家的六英亩空间里滑着轮椅来去自如。她腿上一周前摔破的伤口恢复得很好，我和蒂米都觉得她的健康状况有所改善。我想形势可能在好转。

　　南把我们的行程都规划好了。第一站是去看波沛，一头当地的斑海豹，它喜欢在海鲜店附近的星期五港码头闲逛。我们会在周六上午去农夫市场，然后在周日晚上去市中心听乐团演奏。每周二都有提供爆米花和啤酒的尤克里里音乐演奏聚会，诺玛也想去看看。此外，我们还想在动身前往下一站之前接受几个脸谱网好友的邀请，比如观鲸、参观薰衣草庄园，以及林果同另一只也叫林果的标准型贵宾犬的玩耍约会。

　　在这些活动之间，诺玛可以读读书，在 iPad 上玩玩游戏，晒晒太阳，继续致力于她的日光浴。八月正是游览这个常年多云潮湿的太平洋西北地带的最佳时间。当破纪录的热浪席卷全美的时候，我们待在最舒适的地方——七十五华氏度（约二十四摄氏度），阳光正好。

　　生活很美好，直到不幸降临。诺玛夜里试图从卫生间里回到几步之遥的床上时又摔了一跤。她没有受伤，但我和蒂米意识到我们的大冒险可能很快就要结束了。她白天睡得越来越多，因为她频繁排尿的需要，我们晚上起身的次数也越来越多。我们一方面恳求她多喝点水以免脱水，另一方面又怕看到她腿肿，这是一种不可调和的矛盾。现在，我们已经意识到她可能患有充血性心力衰竭，实际上她会被自己的体液溺死。

诺玛的衰弱稳定而显著。无论是从她，还是我们的角度来看，都不见癌症发作的迹象。几个月前，她已经停止了流血，癌症带来的一切痛苦完全在药物控制之下。我和蒂米越发清楚地认识到，她可能会死于心脏衰竭，而不是癌症。

2016 年 8 月 24 日，我们一同庆祝了旅程中的第一个周年纪念日。过去的一年里有许许多多的里程碑：行驶了 13000 英里，走过 32 个州，去了 15 个国家公园，尝试过大量的新体验，交了许多新朋友，还享用了一大堆的啤酒和蛋糕。我们在南和史蒂夫带棚架的天井里开了一个小型派对，他们弹着尤克里里，为我们演奏了一曲美妙的《献给所有善良的人》，然后我们品尝了两种蛋糕，还有啤酒。啤酒加蛋糕现在都成了我们的惯例。

我们缅怀着在房车里共度的这一年，向南和史蒂夫讲起全国各地的故事。"我敢说，现在你很高兴带我一起来了，不是吗？"这句话诺玛说了很多遍，逗得我们哈哈大笑。沐浴着主人的友善好客，我们都感到很愉快。但即使是在这个即兴而发的庆祝中，我不知怎的也能感觉到我们的欢愉渐渐混杂了悲伤。我们都开始明白，现在留在圣胡安岛是为了一个与当初设想完全不同的理由：这里会是诺玛最终去世的地方。

随着日子一天天从诺玛的小日历本上被划掉，她的嗜睡仍在

持续。她突然对以前非常喜欢的消遣失了兴致，不玩拼图，也不读书或是玩 iPad 上的游戏了。她总是喘不上气来，腿上的积液越来越多。

如今，让诺玛进出房车已经成了一件难事。南回家探亲的女儿偶尔有呼吸问题，她随身带了一台便携式制氧机，我们便从她那儿借来，想看看多些氧气是否会让诺玛舒服一点。起初，诺玛不想与这台机器扯上任何关系，拒绝了我们劝其使用的努力。我想诺玛一定是把它理解成了一种维持生命的设备，而非缓解不适的工具。经过三天的拒绝，诺玛勉强允许我们把插管插进鼻孔里稍微试验了一下。没过多久，诺玛便发现呼吸容易起来，这种氧气被输送到重要器官的感觉让诺玛很喜欢，因而变得愿意使用制氧机了。

几天后，南的女儿带着她的便携式制氧机离开了。诺玛认定维持呼吸舒适应该是件好事，是时候寻求帮助了。我们记得一年前在密歇根同诊断诺玛的医生的谈话。当时，蒂米问过他："随着诺玛病情加重，我们可能会面临些什么？照顾她最好的方法是什么？"

他告诉我们，最好的办法就是向所在地寻求当地临终关怀机构的支持。"她应该可以在你们的房车里安度最后的时光。"他说。

我们预约了一家当地的医院——和平岛医疗中心，想看看请求临终关怀是否真有那么简单。像是命运的安排，那天早上检查诺玛的护士曾经做过临终关怀，很能理解我们的处境。

经过一小时的谈话，我们接受了西北临终关怀医院的转诊，我们满意地回到大厅。我和蒂米现在可以得到需要的支持来完成我们最后的约定：让诺玛在"家"里结束一生。

蒂米推着他妈妈穿过艺术馆一般的医院大厅，走出双自动门，我们三人深深地吸了一口华盛顿的清新空气。我们所做的努力是一场马拉松而非短跑，这么提醒着自己时，我的内心生出一种平和感。"我们能做到的。"我悄声对蒂米说。

就快走到外面时，我抬起头，猛地倒吸一口气。医院门口的停车道上，停着一辆没有熄火的 20 世纪 80 年代的银色丰田 MR2，司机显然是等着接人。这种隐喻不由得让我和蒂米的脚步顿了顿，我们没说一句话，甚至没有看对方一眼。雷欧已经准备让诺玛上这部车，进入他在另一个世界的生活了吗？蒂米加快步伐，推着妈妈走过那辆车，径直走向我们停在附近残障区的吉普车，仿佛在说："爸爸，现在还不到时候。"

我们直接驱车前往星期五港，参观圣胡安县集市，没有人会想到诺玛刚刚才去了临终安养院。她把一流的蔬菜和馅饼尝了个遍。她从画家格兰特·伍德名作《美国哥特式》的镂空板中探出脑袋拍照，兴高采烈地朝认出她的人微笑挥手。最重要的是，她美美地吃了一份"象耳朵"——一大块撒了糖粉的油炸圆面饼——这让她想起年轻时候吃这种甜点的情形。

我的思绪像集市中心的摩天轮一般旋转不停。我感受着此刻诺玛显著的喜悦，同时也感受着不敢对未来几个星期、几个月稍作预测的焦虑。

"欢迎诺玛小姐版的善终安养！"南在领我们去牲口棚看羊羔时向我们三人宣布道。她和史蒂夫也来凑热闹了，甚至在集市上还有些展品。我忍不住笑起来。过去的一年里，没有什么是按常理出牌的，那么这次又有什么关系呢？我们所能做的就是活在当下，继续接受生活中的一切，且不论能维持多久。

那晚迟些时候，我想知道诺玛在医院外看到丰田车后，是否与我和蒂米的反应一样。"你今天看到医院外面的那辆车了吗？"我问她。

"噢，还真奇怪，我以为雷欧要来接我了。"诺玛吐露道，"我不知道该作何感想。"

所以她也感觉到了。我朝她微微一笑，眼睛有些湿润，情不自禁地想象以前雷欧等她出门的画面。我难过地意识到，她可能很快就要离开我们了。

大陆的西北临终安养院和岛上的圣胡安临终安养院给我们的体验非常不错，一点儿也不累。许许多多的人参与到对诺玛、对我们的关怀之中，他们每个人显然都有过此类经验。然而诺玛没用多久便叫她的新护士凯瑟琳意识到，她照料的不是一位普通的老太太。

"我来给你量一下血压，诺玛。"第一次来房车里探望我们时，凯瑟琳说。然后她又给诺玛做了氧含量检测和心肺听诊。当诺玛舒服地坐在欧式扶椅里啜着下午茶时，凯瑟琳将血氧仪连上她的中指，然后从医疗袋里取出听诊器来听了心肺，"我能脱掉你的拖鞋吗，诺玛？"她试探地问道。

随着第一只拖鞋从诺玛发肿的脚上脱下，诺玛两眼发亮地瞥向我。想到凯瑟琳会发现什么，我们都咯咯地轻笑起来。蒂米看清眼前的状况以后，也笑了。脱掉鞋，凯瑟琳惊讶地看见诺玛的脚趾上绘着亮粉色的小花，因为她最近去修了脚；实际上这还是她第一次涂脚指甲油，听到凯瑟琳奉承她的稀奇装饰时，她开心极了。

接着是对足部和脚踝的检查。凯瑟琳的手熟练地在她薄如纸片的皮肤上移动，但突然在脚踝上停住。"你这里的皮肤怎么了？"她关切地问道，"腿上的变色是怎么回事？这条线是什么？"

诺玛笑得更开心了，她骄傲地回答道："噢，这是我晒太阳晒出来的分界线，我的袜子通常只遮到这里。"

"看来我得好好向你请教了，诺玛。"凯瑟琳笑道。

所有的选择都已经做完，所有艰难的对话也已经结束。在圣胡安岛的第一周，看着诺玛迅速地衰弱下去，我们决定让她填写"五个愿望"。去年夏天，在雷欧度过最后时光的医院里，我在一间信息亭中发现了介绍这项生前愿望的公文。这是第一份考虑了个人、情感、精神需求以及医疗意愿的生前愿望书，只要在两位公民的见证下签字，即可被全国八个州以外的其余诸州认可，具有法律效应。虽然还很难说，但有了这份愿望书，我们相信我们知道

怎样最好地满足诺玛的所有需求。

有了填好的"五个愿望"和就位的临终关怀团队，我们想我们可以放心地同意他们的所有建议，而诺玛很快就会按她希望的那样，如她母亲一般在睡梦中去世。"你外婆去世那天，她和朋友们在养老院的餐厅吃了午饭，"几个月前，她告诉我，"饭后她回到房间里小憩，再也没有醒来。就这么走了，我觉得那样挺不错。"

然而，这个说法不能让我们有丝毫的松懈，情况只会让我们越来越紧张。

临终关怀医生建议诺玛服用呋塞米，一种治疗因充血性心力衰竭而引起液体潴留及肿胀的利尿剂。这药对诺玛来说是一种纯粹的折磨，服下后白天要去十多趟卫生间，晚上要去五六趟；此外还有诸多副作用，除了便秘，还会造成钾的流失，这就需要她服用更多的药物来补偿。现在，我们全部被这个过程搞得精疲力竭。诺玛丢掉了被用来帮她控制腿肿的折磨人的紧腿袜，减少流质摄取后，她随即又抛弃了利尿剂。她讨厌这药。

停药后没多久，体液再次积攒起来。凯瑟琳在接下来的一次访问中转告我们，临终关怀医生认为应该继续治疗了，不过，我们谁也不知道最终的情况会怎么样。诺玛九十一岁的身体显然叫她失望，大幅度的体质下降显而易见。我们拿这些利尿剂折磨她，就为了那微乎其微的效果吗？"我只想能多休息一下。"她会在又上完一次卫生间后疲惫不堪地说。

"我想知道为什么她还要用呋塞米。"在我们与护士的下次谈话中，蒂米坚持问。

"它可以帮助她呼吸。"护士回答道，暗示呼吸才是对她最有利的。

蒂米没有那么容易被说服。"我们延长她的生命是为了什么结果？"他质疑道，"生命的质量呢？"谈话似乎开始进入循环。诺玛迷迷糊糊睡着了，他觉得自己的话没被理解，只好从讨论中撤离出来。

"但能帮助她呼吸。"凯瑟琳对着我一人又低声说了一遍。

"你告诉我一下这种药物的长期疗效。"我说，试图了解痛苦的副作用可能为诺玛换回多少时间。

凯瑟琳对我很有耐心。蒂米坐在小餐室里，听着她和我讨论了诺玛死亡的各种可能方式、我们或许面临的症状，以及我们该如何对她进行帮助。

"唉，我难得和病人家属说得这么坦白，"凯瑟琳松了一口气，她表现得就像一个成绩优异的中学生向父母宣布成绩单上只拿了"B"，不知道他们会作何反应，"不过，说完后比想象中的还要舒坦。"她补充道。

凯瑟琳是第二个对我们说这句话的护士，但我们还是不能完全理解。"听你这么说我很惊讶。"我回答说，以为其他家庭比我们谈的要多得多。不过显然，我们不是唯一太过害怕而不敢坦诚谈论这种事情的家庭。"我原以为，人们来到临终安养院的时候，死亡便成为稀松寻常的谈话了，"我继续道，"结果我发现谈及这个话题时，我们所有人都是胆小鬼。"

等到凯瑟琳访问结束，我决定和诺玛谈谈呋塞米的事儿，没有蒂米和其他任何人的干扰，就我们两人。

第二日，趁着蒂米在外面，我和诺玛一同度过了片刻的安静时光。我们谈起她心脏的"嘀嗒"跳动，说到它可能不久要"停摆"了。我反复重申护士说她肺部有积水，这样下去迟早会要了她的命。如果她愿意重新服用呋塞米的话，我们就能把她肺里的积水稍微清理一下。这样或许会让她呼吸得轻松一点，也可以多坚持几周时间。当然最终积水还是不会放过她的。

"我明白。"她眼神清澈，头脑清醒，握住我的左手说道。

同一时刻，我的右手抚着她那粗肿、充满积液的腿。"我需要你思考的问题是，"我继续道，"你想不想再服用几天呋塞米，缓解一些积液。"

可以看得出诺玛试图用唇舌组织出合适的言辞，我飞速补充道："我不想要你马上回答。我希望你能好好想想，祈祷一下。这是你的生活、你的决定，无论你决定如何，我们都会尊重你。大家都不会反对的。无论你选择哪种方式，我们都有药能保证你舒舒服服、温和平静地离世。"

她沉默了。"蒂米没意见。"我说。她的眼睛轻轻闭上了。"我没意见。见鬼，林果也不会有意见的。"又是一阵沉默。

"我们明天再谈这件事吧。"我只好说。

她睁开了眼睛："好吧。"她恢复成了以往那个坚韧的她。

"诺玛，你是我认识的最勇敢的人，"我告诉她，"我以前觉得史黛西是最勇敢的，但我改变主意了，现在我认为……"

话还没说完，她看着我的眼睛轻声说："我在啜饮'史黛西之水'。"

我很清楚她的意思。她正从我们每个最亲密的亲人身上获取力量，我们将化身守护天使或超级英雄。

我盯着她那浑浊的蓝眼珠看了一会儿，那里已生出了澄澈。她正在为一个华丽的转变做准备。史黛西能做到的，诺玛也能。

我小声道："我想知道哪儿能找到'史黛西之水'。你能给我一个提示吗？"

尽管打着瞌睡即将进入梦乡，但她还是打起精神说完："你得自己去找。"

等她醒来后，要做的第一件事就是又要艰难地去卫生间了。我捏着嗓子用最适合童谣的声音唱道："把一只脚丫放到另一只前面，一步又一步呀……"我们慢慢移动到卫生间，大笑起来。

"史黛西之水"对我们两人都很有效。

那天晚上九点整，我们三个人开始每晚的例行工作，把她从房车前面移到后面的皇后套房。蒂米和我将她从椅子上扶起来，解开长长的氧气软管，以免被她的轮椅轧到。林果则从她床下的据点，回到房车前面自己的窝里。

当晚我们唱的歌曲是1958年的拉丁热曲——冠军乐队的《龙舌兰酒》。我们迈出的每一步都让她的脸上绽出微笑。等我们来到隔开夜里就寝空间的推拉门时，她跟着蒂米拍打大腿奏出的鼓点扭起了屁股，逗得我们三人笑个没完。"如果不笑，我们就要哭了！"喘气之间，诺玛宣告道。这话说得再真实不过了。

那晚我们起来两次帮着诺玛去上卫生间，帮她穿上尿不湿、插氧气软管。每次活动，她的双腿都颤抖得厉害。

　　翌日早晨，吃过蒂米准备的珍宝蟹煎蛋卷早餐后，我和诺玛又谈了谈她要做出的决定。"还记得我们昨天聊过的事吗，呋塞米，还有你腿上和肺部的积水？"

　　"嗯，我记得，我不想吃呋塞米。"她实事求是地说。正要继续这个话题，安养院的家庭健康助手来给她洗澡了。

　　"等你洗完澡我们再谈，好吗？"卫生间的门关上时我说道。让她完全理解自己的身体状况在不断衰退，不服用呋塞米的话可能会更快殒命，这一点对我而言非常重要。我也想让她知道，无论她做什么样的决定，我们都尊重她。

　　在与凯瑟琳尴尬对话的二十四小时后，我接到了她的电话。"医生想让她再用三天呋塞米，"她说，"然后我们再换另一种药……"我极仔细地听明白，记下医生建议的所有计划细节。渐渐地，凯瑟琳的语气听着有些像查理·布朗，她用老师一般的声音说着我不太明白的词语。她陈述完，最后提出："或者，我们也可以不用呋塞米。"她的语气告诉我这是错误的答案。

　　但是我能读懂诺玛的眼神，现在我也在啜饮"史黛西之水"。一股勇气和坚定从我心中涌起。"凯瑟琳，自从去年六月雷欧生病以来，我们每一天、每一分钟都和诺玛在一起，"我说，"我们相信，诺玛生命最后一年所收获的爱和快乐之多，实属罕见，尤其是对她这个年龄的人来说。"

"的确。"她赞同道。

"我们没有遗憾，没有留下什么没说的、没做的。如果她真有一份'遗愿书'，上面也没剩什么要去完成了。"我继续说，"一直以来，她渴望自己以自然的方式死亡，而非遭受药物副作用折磨、靠医疗器具苟延残喘，氧气支持还是她好不容易才做出的让步。她就是这样，现在她已经很安宁了。"

"我会和她再谈一次以作确认，但我很有信心我们更倾向于不再服用那些令人痛苦的药物。这不是蒂米的打算，也不是我的打算，而是我和蒂米对他妈妈所看重事物的尊重。请你理解。"

值得称道的是，凯瑟琳确实善解人意。那通电话之后，原本担忧她可能会评判我们或质疑我们动机的恐惧全部消散了。从那时起，她成了这个家里的一分子。

洗过澡，诺玛来到房车前门，手里挂着手杖，我和蒂米正在外面边砸榛子边聊天。"我可以出来吗？"她询问道。她已经有一个多星期没有兴趣出门了，她的请求让我们很是吃惊。我们看着她一只手挂着扭曲的白橡木手杖，一只手紧紧抓住房车的栏杆，蹒跚地走下台阶。

我暗自决定要和诺玛进行的谈话就这么自然而然地开始了。我们讨论了不同选择中的利弊，谈到她不久于人世，而有一项选择或许比另一项能让她多活几周。"这是你的生活、你的决定，"我强调，"无论如何我和蒂米都会支持你，你明白我在说什么吗？"

"嗯，我明白。我不想用呋塞米了，你觉得呢？"她先看向我。

"我的想法并不重要。"我重申道。

诺玛慢慢转过头来看着她的儿子："蒂米，这样行吗？你怎么想？"我能听出她的声音里流露出来的担忧。她是在问蒂米同不同意她选择早点去世。

"妈妈，这是你的决定。如果你是问我对你的决定有什么看法，我觉得还不错。我们就是要让你感到舒服。我永远爱你，妈妈。"

"那好，我决定不用呋塞米了。"诺玛宣布道。

几个小时的阳光理疗后，天边涌起乌云，诺玛回到房车里。

我一边和诺玛聊天开玩笑，一边帮着诺玛坐上椅子，给她拿了些甜食。橘子冰棒吃到一半时，她突然停了下来，非常自然地望向天空说道："主啊，希望有一天我们所有人都能去到你那边，哪怕是我们几个这样的'傻瓜'。"她眨巴着眼睛望着我们两个"傻瓜"，笑声使得大雨中原本暗淡的房车都变得亮堂起来。

那晚伴随我们高歌的是《圣徒进行曲》，蒂米推着诺玛的轮椅转起小圈，她则在位子上扭着屁股，双手指挥着前进。我们终于如释重负，不会再有决策的苦恼。我们只需要爱着彼此，然后说再见。

诺玛的腿活动起来越来越困难，每去一趟卫生间都感觉特别艰难。我们不得不把她的助步器换成轮椅，推着她走过二十五英尺

远的距离，到房车后端去上卫生间。晚上，她开始用上成人纸尿裤——出于尊严，我们委婉地称之为三角裤——我们都对这不久前的禁忌越来越坦然。在诺玛人生的尽头，维持她的尊严完整无缺如同我们试图维持她的生命一样艰难，诺玛的尊严在被疾痛慢慢地剥夺。

这一次她的裤子脏了。"噢，我的上帝！"她叫着，非常惊讶于自己身体机能的退化。我没有安慰她，也没有告诉她不要紧，而是说："噢，拉便便了！"看得出来，我轻描淡写的语气对稳定诺玛的情绪很起作用。我还没来得及细想自己刚刚对婆婆说了什么，诺玛笑着说："拉便便了，可不是吗？"

———————————

我发现自己总是在想"诺玛会不会喜欢这个"或者"我一定得让诺玛看看那个"。

我们明白，她不会再走下房车的台阶了。她苍老的双腿已经罢工，身体的其余部位也在相继抛锚。可我还是情不自禁地想向她展示我在日常生活中所见所想的一切。

朋友马克跑到圣胡安岛上来给我们帮忙。我和他在史蒂夫的果园里摘榛子时，一只很小的亮绿色青蛙跳到我的手上。"我得让诺玛看看！"我对马克喊道。我丢下所有东西跑回房车，一路小心翼翼地护着青蛙。我刚刚来到诺玛椅子的跟前，这只两栖小动物就从我手里跳了出来，直向诺玛扑去。如果说对于诺玛是否还活着存在任何疑问，现在有了答案。我把青蛙放到她手里时，她差点没吓得灵魂出窍，但很快她就对这只小"弗雷迪蛙"爱不释手，只是她才看了一会儿，这个小家伙又跳出她的手掌，从前门跳了出去。

我们感觉到了一股脆弱的气氛，这种感觉已经久违了。一切似乎都在转变。一天下午，我和南去城里办事，突然发现树叶已渐渐变色。在杂货店的停车场里，一株小橡树尤其惹眼，火红的叶子煞是鲜艳，瞧着比诺玛的脑袋还大。"我要摘几片叶子回去带给诺玛看看。"我说着，在心里默默记着返回时再摘。然而当我排队付款时，接到了安养院护士的电话，传送带上的食品杂货也没有顾得上拿我就走掉了，摘橡树叶的事更是忘得一干二净。

我的大脑似乎在不断地转换频道。我记不住东西，表达也很费力，就像是太平洋西北岸的浓雾带着长期租约飘进了我的脑子里。南照顾过她妈妈和婆婆两位老人，很有经验，我便问她，我的机能水平还能否恢复。"能的，"她向我保证，"你出现这些症状很正常。"

过去的几个星期，我几乎没有照过镜子。猛然一瞥，我看到的是没有梳理的头发、陌生的眼袋以及新长出的皱纹。这又是一个暗示，提醒着我，我也和以前再不相同了。

我们陷入了一种睡眠不足的混乱生活，每天忙着止疼、喂安

眠药、换三角裤。诺玛左右双腿相继完全罢工，连起身也变得非常困难。她的语言能力紧随其后地退化了。

我们对就寝仪式越来越慎重。我们会握着手，紧挨着坐在诺玛的床上，在夜晚的寂静中诉说心里想说的一切。南和史蒂夫开始加入我们的睡前音乐仪式。他们会用尤克里里弹奏从前的老歌和摇篮曲，而我们就跟着一起唱。诺玛还记得她的最爱，她微弱的声音会汇入我们的合唱。一天晚上，他们问诺玛是否要他们弹唱。"今晚不用了，我想她有些累了。"蒂米礼貌地谢过他们。

当晚，我和蒂米同诺玛坐着，默默感激她是这样的她。我们告诉她，她的下一次冒险会和我们刚刚完成的一样壮观。我们提醒她，一年前一起离开密歇根的时候，她不知道和我们的这段旅程会变得怎样，却依然充满信心。"我们希望你对下一个未知的冒险也充满信心。"当她渐渐入睡时，我温柔地对她说。

我们小心地用滴管给她喂了止痛剂。通常滴完不久，她便会陷入深度睡眠，为了防止她不再醒来，我们要把"晚安、我爱你和再见"都说一遍，没有什么没说的了。我们让她想象，她将坐着快车驰入天堂，或者乘着热气球飘进天堂。对她而言，似乎哪种方式都很好，她虚弱地笑了笑，然后渐渐进入昏睡。离开房间前，蒂米将附近的一扇窗户打开，好让天使能够进来护送她美丽的灵魂前往下一段大冒险。

我和蒂米回到房车前部，打开了电视来分散一下注意力。不到一个小时，蒂米突然听到她一反常态地嚷着一些无法理解的话。

"什么，妈妈？"他脱口而出，同时以闪电般的速度冲到她床边，"你是要什么东西吗，妈妈？"

我们尽量想弄明白她想告诉我们什么，她的嘴型和声带已经不能好好地交流了。不想让她有遗憾，我仔细询问："对不起，诺玛，我不是很能理解你在说什么，你能再说一遍吗？"想到她可能有非常重要的事情要说，我们严肃又紧张，然而她的无言叫人沮丧。我每问一个问题，便感觉情况更糟。

我突然想到，我们之间的关系是构建在幽默之上的。当我们不知道自己在做什么的时候，总能找到办法化糗为乐。"拉便便啦，是吧？"我将严肃的声音换成自作聪明的语调，"我知道你想要什么啦！"我宣布。诺玛疲惫的眼睛仿佛在说："天哪，但愿如此。这个游戏我玩不下去了。"

"你总不至于想让我唱歌吧！"我开玩笑地喊道。

让我大吃一惊的是，她肯定地点了点头。

"真的吗？"

她又点了点头。

于是我唱了起来，我唱啊唱啊唱了十多首歌。我唱了那些她知道歌词的老调，还有两天前她还能跟着应和的曲子。我唱了《圣徒进行曲》和《噢，苏珊娜》，唱了《共和国战歌》和《他掌握整个世界》。

当我确信她该听腻了我难听的跑调的歌声时，我问她："够了吗？"

她又晃了晃脑袋，不过这次是摇头。

"你想让我继续唱吗，诺玛？"

她再次点头表示同意。感到难以置信，我又问了一遍，答案依旧不变。

　　于是我继续唱下去。我唱了《一辆双人自行车》和《向苍天呼唤》。然后我唱了我们最喜欢的一首歌——《我的小小光芒》。她终于慢慢地睡着了。

　　她又睡了三夜，我便又唱了三夜。第四天，她饮下她的最后一口"史黛西之水"。

第十六章

安息

墨西哥南下加利福尼亚
十一月后

[蒂米]

我和瑞米在旅行途中早早就意识到，我妈妈还没有准备好在第一个冬天就加入我们惯常的巴哈之旅，因为便利设施的缺乏以及旅行途中的文化差异对她来说是很难适应的。于是，我们选择在阳光明媚的佛罗里达度过了美好的三个月。

然后，早春期间我们在东海岸旅行时，妈妈说下次想和我们一起去墨西哥。她改变心意也许是因为在旅行途中遇到了许多来自巴哈的朋友；也许是因为看了亚特兰大的鲸鲨，现在想要看看自然环境下的它们；又或者，是因为她知道巴哈就像我们的家，想要探究其中的意味。

我知道我和瑞米经常待的原始海滩不可能让妈妈感到舒服，于是我在附近的康塞普西翁客栈租了一间小屋。屋子里配有一流的设施，比如自来水、抽水马桶以及小社区的柴油发电机，保障每日十二小时的供电，我知道妈妈需要这些物质才能安下心来。七月份回普雷斯克艾尔老家时，我们也确认带了她的护照。

在所有的计划都准备好之后，我迫不及待地等着妈妈真正和我们一起去海滩的那个日子尽早到来。我常常幻想着带她一起划桨会是多么有趣，我知道她年纪太大了，不能稳稳地站在船上，于是我会想象她瘦小的身躯躺在宽大的甲板上，脚丫晃荡着搁在甲板边缘。当她浮游在康塞普申湾水晶般清澈的海水中时，脸上会绽放出如今闻名于世的经典微笑。然后到了傍晚，我会为她调我最拿手的玛格丽特酒，不用橙皮甜酒，而用达米阿那利口酒，我们会为迄今为止的旅行干杯。我们会在门廊外一直坐到太阳落山，在非凡的生活中享受又一段平凡的时光。

然而，此时我和瑞米正开着房车沿美国西侧南下，妈妈的骨灰被封进瓮里，小心翼翼地摆放在她原先的床上。林果夜里会蜷在床脚陪伴着，之前他守着妈妈的遗体一起上了殡仪馆的车，车要走了他也不肯下来，他的悲痛对我们来说显而易见。现在我们正在经历一场不同的冒险，学习如何带着心痛去旅行，如何在没有妈妈的情况下拔营前行。

冬天，我们将房车停在加州，然后开着牧马人吉普车继续国境以南的路程。由于车子很小，尤其是林果占据了很大一部分空间，我们不得不把妈妈的东西留在房车里，等春天再回来处理。然而，有一个我们似乎不得不动的抽屉：妈妈的"松鼠抽屉"。

每当妈妈收到纪念品、小礼物或感情信物时，她就会去房间里将它们贮藏起来，供以后观赏，像松鼠藏橡子那样，这成了我们三人之间的一个乐子。如果我们问她某个重要东西在哪儿，她会说："我可能把它放进了松鼠抽屉。"每次她说出这个秘密收藏之所的形象名字时，总会爆出一阵笑声。抽屉里珍藏着妈妈的所有宝贝，有在希尔顿黑德艾兰圣帕特里克节游行时的徽章和腕带，有在南达科他州获赠的玫瑰石英，有在加州萨尼贝尔岛挑拣的漂亮贝壳，有里昂·比恩的迷你靴钥匙链等等，众多藏品不胜枚举。

在一个角落里，我们发现了德怀特——佛罗里达某个营地的维修工——做的"诺玛娃娃"。我们还记得那天晚上，德怀特用另一个身份"牙买加先生"来拜访我们，送给我妈妈一个和她模样很相像的、灰纱做鬈发的粗糙木娃娃以示仰慕。那是我们在那儿三周的最后一晚，之前他问过我能不能为我妈妈唱一首写给她的歌。我记得那晚他走进房车的时候，我们都被他的长辫子逗乐了。工作中，他老戴着一顶黑色的大针织帽，我们可以看到那头平常被好好塞在帽子里的发辫已经长得可以碰到铺了地毯的地板。他坐在我妈妈对面的沙发上弹起吉他，为她唱源自牙买加的一种节奏强劲的流行乐曲——雷鬼乐。他的神情如此专注，仿佛我和瑞米都不在场似的。"你的旅程触动了我的心弦，谢谢你。"离开前，他对我妈妈说。

接近抽屉底部，我们发现了一枚有米老鼠和高飞图案及"首游"字样的巨大圆形徽章。我们怎么可能忘了一月她在华特迪士尼世界度假村——未来世界主题公园的首次旅行呢？我记得我用轮椅推着她在这个常被誉为"永远的世博会"的观光胜地里转了整整一天。园区分为两个部分：八个展馆组成的"未来世界"以及以十一个国家为主题的"世界之窗"。

在游览了"地球太空船"主题之后，我们制作了一部用我和妈妈的头像做主角的卡通短片，短片中我们坐着未来能变成潜水艇的飞碟四处巡游。尽管没有声音，为了许多希望以视频形式看到她的粉丝，我们还是将它上传到了妈妈的脸谱网上。看到这些视频后，当时有些网络和纸媒报道我们不仅在美国旅行，还带着我妈妈去了德国和中国，想起这些，我和瑞米仍是禁不住哈哈大笑。迪士尼显然成为我们完美的国际幕布，逼真得让许多人误以为真。

几张儿童画下面有一个绒布袋，在里面我们真的发现了妈妈的宝藏：三个装着金沙的小瓶子。我和瑞米注意到，其中两个瓶子是我们的，不知怎的被妈妈"贮藏"到了抽屉里。"我说我的那份去了哪儿呢！"瑞米笑着说。还记得四月初在佐治亚州的达洛尼加，我们三人一起去"磐石金矿"淘金的那日，我们受矿场总经理达森的邀请，参加了一次私人矿坑之旅小试运气。妈妈坚持走完半英里长的行程，跨过所有台阶斜坡的毅力让我印象深刻。即便降至地下三百多英尺，妈妈也没有显出狼狈，只是偶尔坐在达森贴心准备的折叠椅上休息。妈妈是一个真正的"石头迷"，矿场的经历让我想起小时候，我们一家在周末下午去地方石灰岩采石场搜集化石的时光。

我们还找到了一个妈妈用来记日记的小记事本，里面是她在旅行途中一页一页精心写下的点滴。路上，我和瑞米曾见过她用铅笔在上面涂写，但从来没偷看过，她也从来没有提出跟我们分享。现在一看到她熟悉的笔迹，我便悲伤得想要流泪。"把这个留到巴哈再看吧。"瑞米建议道。我们刚刚失去她，再次上路的准备工作显得很匆忙，我同意了瑞米的建议。南下前，我们把妈妈的日记保存到了一个安全的地方。

––––––––––––

星期天，我们早早就穿过美墨边境，急切地将边境线在身后甩开几英里，沿着墨西哥一号公路向南前往冬日科尔特斯海边的家。接近八百英里长的巴哈半岛是世界第二狭长的半岛，而我们要驶过其中四分之三才能抵达目的地。双车道的盘山公路在组成半岛之脊的群峰和死火山间蜿蜒起伏，几乎每转一个弯都有摄人心魄的壮丽风光。

当我们慢下速度通过沿途各个小村出入口的减速带时，我总好奇妈妈望着窗外会想些什么。她会为路边乞讨的穷人难过吗？会停下来给他们一些比索吗？所有这些陌生的景象、声音和气味对她来说会不会太过冲击？这些答案我永远不会知道了。

比斯凯诺沙漠是进入半岛东海岸前的最后一片高地。在圣罗萨利亚的产铜小镇，这里似乎还未从最近一次飓风中完全恢复过来，我们的车子不得不缓慢前进，避开路上的坑洼，经过那些仍掩埋于滑坡中的皱瘪车辆，我们渐渐靠近小小天堂里的家。

穆莱赫的小渔村是海滩之家附近最接近文明的地方。这么些年来，我和瑞米与村里三千二百名居民中的许多人有了往来，与其中一些人还变成了朋友。下行的路上，我们总会在那儿逗留，给房车补给，然后再开始前往康塞普申湾的最后十五英里，今天也不例外。马里奥的煎玉米卷店前有一个大圆棚，停车很方便。我们左转驶入小店积满灰尘的停车场，马里奥认出了我们，我们要了一盘他那天早上新捕的鱼做成的美食。巨大的无花果树投下一片阴凉，我们坐在室外唯一的餐桌前，一股沉重的悲伤拉扯着我的心脏。"妈妈会喜欢的！"我嚼着盘子里的新鲜萝卜对瑞米说。瑞米握住我的手，我们一起叹了口气。

行驶在村里的大街上，我们看到阿道夫正在清扫他家古董店外的人行道。认出新吉普车里的我们后，他立刻高兴起来，露出牙齿笑着朝我们挥手。"你好啊，朋友，"他喊道，"什么颜色？要多少？几乎不要钱！"回到那些让人晕头转向的狭窄单行道感觉很好。保险起见，我们把吉普车的镜子往里调了调。同往常一样，为了买齐需要的所有东西，我们几乎跑遍了每家店。随着与收银员及街上行人的寒暄交谈，我对西班牙语的理解力很快又回来了。

加满大约五加仑瓶子的饮用水之后，我们继续向南行驶。尽管我们自20世纪90年代中期起便常来这里，但当登上山顶，看到整个康塞普申湾在眼前伸展开时，我总会被眼前的风景所震撼。整片西海岸都是镶着白色沙滩的扇形海湾，碧蓝色的水波中，有无数小岛点缀其间，真是美得令人窒息。

把牧马人停在与海边一街之隔的绿色小屋旁，现在这儿就是我们冬天的家了。我们穿过玻璃滑门四处打量，眼睛扫过两间卧室和无障碍浴室的那一刻，妈妈不在身旁的缺失感赫然放大了。站在屋子里，我们意识到空间大得超出需要。为妈妈准备的第二间卧室放的是一张双层床，我和瑞米想象着妈妈会因为有个上铺而好奇地爬上去的，便会禁不住大笑。我登上扶梯，爬到单人床垫上躺下，过去一年的记忆如洪水般地从脑海中涌起。

"我现在还是不敢相信我们让她坐了那个滑索。"我用瑞米听得到的声音边说边想象着妈妈从上铺滑进隔壁明黄色的浴室里。我想起在北卡罗来纳州，她乘坐了老友凯文高悬在两棵树之间的自制滑索，"而这一切都被'今日秀'的摄像机拍摄了下来，真是难以置信！"

"那天也是她第一次骑马，"瑞米回忆道，"我永远不会忘记向导拉回她的肩膀，让她在马鞍上坐直身子。"

"别开玩笑了。"我反驳道。我们忆起当初正对着跑马场声嘶力竭地大嚷"她不能挺背"时，她不知怎么的竟然做到了。想想妈妈的这一成就，眼眶又是一阵湿润，大概现在无论什么都能让我的眼泪继续流下去吧，只要是关于妈妈的点滴。

我们一致赞同妈妈会喜欢墙上的贝壳工艺品，浴帘的热带鱼花纹，还有属于她的真正的冲水马桶。她会在两个房间的任意一个露台上举行会面，很可能会受到那些被她生活的热情所深深触动的陌生人的仰慕。她会往"松鼠抽屉"里收集许多新物什，给尚未完全完结的故事再添新章。只可惜，是时候合上这本书，打开新的故事了。

这个社区对于我们而言非常陌生，我们真正的舒适区是再往

南几英里处一片没有房屋的海滩。就像我们以前适应这些年经常光顾的海滩营地一样，希望我们能适应这种砖头水泥砌起的实体社区，时间才能说明一切。

第一晚，睡在一张陌生的床上，爸爸、妈妈和史黛西出现在我的梦里。他们都在飞，史黛西是唯一说话的人。"嘿，蒂米，看看这个，"她用熟悉的声音对我说道，"我和爸爸让妈妈也飞起来了。妈妈学得很快噢！"我的家人看上去极其开心，直到我像往常梦里一样，也不由自主地开始飞行。"这算什么？"史黛西恼道，"我以为只有我们这些亡者才会飞呢。"我们又一起飞了一会儿，然后他们三人便消失在苍穹之中。从梦境中醒来，我心中充满前所未有的爱。透过打开的窗，我听着海浪轻轻拍打着海岸，细细感受着梦里所汲取的精神鼓舞。我明白彼世与现世之间只隔着一层薄纱，我们爱的人永远不会遥远。我知道我能走出悲痛。

在巴哈，我们总能从早晨的例行活动中获得平静。天没亮就起床，然后划桨，一直划到太阳升起便是我们准备重拾的往日日常。瑞米自律的生活习惯激励着我在第一个早上也跟着她去做这些事。八点钟不到，我们已经在科右德岛附近划船，静静地看一只鱼鹰潜到水里捕捉早餐。宁静的海面被海湾东侧山峰中跃出的旭日染成金色，三只海豚从我们身边游过，但没有逗留。太平洋西北的小

雨浓雾现在已成了遥远的记忆。

这时，我们听见风笛的声音，《奇异恩典》的声波在光滑的水面上激荡开来。停下正划着的皮划艇，我们都哭了。这首歌整整持续了五分钟，我们的眼泪止不住地涌出。我们知道这是加里在棕榈树屋前放喇叭，每天他都会在播报天气和潮汐之前，用短波收音机播放这段优美的音乐。然而，这一天我们却感觉他是在为我们而奏，只为我们而奏。

愉快的划桨之后便是简单的早餐。卢佩给我们带了自家新鲜的玉米面团包馅卷，用塑料桶提着，上面盖了一条热毛巾保温。饭后，我们带着林果，沿门口横穿墨西哥一号公路的善心小道走了很长一段路。小道尽头我们可以看到附近的海湾和海滩营地，这个季节的这个时候还没有什么人活动。想到能和未来几天、几周、几个月内不断涌来的伙伴们再次见面，我们很是兴奋。

新日常的第一天感觉不错。事情渐渐开始——或者说可以开始——恢复正常的兆头让人松了口气。不过我也知道，一切都不会像以前一样了，我们刚刚度过人生中最为美妙的一年。在经历了这样变革的一年以后，在刚有机会了解、真正认识我的妈妈便失去她以后，接下来的生活会是什么样子呢？我不禁想问。然后我会想起我梦到爸爸、她和史黛西后的宁静，认为没必要把一切都弄明白。我只需要像妈妈一样，活在当下。

下午天气变热，所以瑞米做的第一件事就是像我们亲爱的朋友格伦娜说的那样"蓝海畅游"。格伦娜是一个年近八十的加拿大人，从来没有错过在碧水微澜的康塞普申湾中游泳的机会，多年来她一直鼓励瑞米也这么做。

虽然游泳是瑞米的首选，但我更愿意在屋子南侧的两根木桩间支起吊床。瑞米游泳回来后，也会爬上大吊床，在我身边躺下，她挨着我的身体，在午后的炙热中带来一阵清凉。过去一年的起起落落让我们都累了，林果趴在下面的石板地上给肚子降温，我们三个就这么迷迷糊糊地睡到晚餐时间。终于，我们一直等待的轻松降临了。

———————

这样的生活又过了几个星期，我们跟朋友小聚、打盹，一切稳定下来后，才打开妈妈的日记。我决定用邻居送我们的扳机鱼做些玉米卷，邀请南、史蒂夫和马克，我们这五个陪妈妈走到生命尽头的人在星期五港单独再聚了一次。现在我们一群人被不可思议的经历紧密联系在一起，大家都准备好了，喝着玛格丽特酒，阅读日记，追忆妈妈的过去。

瑞米翻开笔记本，开始阅读日记。我靠在椅子上，听她分享了这么一条：

11月29日，星期日，阴
我去城里参观了"二战"博物馆。他们像老熟人似的和我打招呼。和形形色色的人握手。感谢自己当年的服役。

"我有种感觉，我们在新奥尔良'二战'博物馆的访问是你妈妈第一次感受到她服役的价值。"瑞米读完这篇文章后说。此话不假，我从来没有见过她像那天那么自豪。她是老去的那一代的老兵，他们极少去验证自己在终结一切战争的战争中的牺牲。

接下来轮到我了。我翻了几页，寻找妈妈对我说的话。我读道：

3月4日，星期五

昨晚下了一场暴雨，电闪雷鸣。今天变得寒冷又潮湿。早上只有51 ℉（约10.6℃）。散了步。蒂米和瑞米晚上想吃汉堡，所以我们去了当地的一家餐馆。见了那儿的主人，名叫"大乔治"。他是个大个子黑老兄，人很好。我们拍了些照片。我的盘子里也缀上了兰花。我吃了芦笋、螃蟹和蘑菇，味道不错。甜点是巧克力焦糖蛋糕。店主没收钱！我问蒂米："我敢说，现在你很高兴带我一起来了，不是吗？"

所有人都大笑起来。"我不敢相信她会这么形容大乔治。"南说。围成一圈的脑袋在止不住的笑声中纷纷点头。我提炼了一下第二至最后一行的核心思想，总结道："妈妈很喜欢这些'免费赠品'，毫无疑问！""她也喜欢说我们很高兴带她一起。"我回想起听她说这句话的一幕幕情景，嘴角泛起微笑。

按顺时针方向，我们一个一个传阅着蓝色记事本。南停顿了几分钟，自己先读了一遍，然后边笑边跟我们分享：

　　3月22日，星期二，寒冷的晴天
　　今天我们去查尔斯顿，要在那儿待到星期四。到查尔斯顿花了大约两个小时。我们住在城里最好的酒店。我住在总——统——贵——宾——间。有一间摆着8到12人餐桌的客厅，一个吧台，洗漱间，卧室，更衣室，还有浴缸淋浴俱全的浴室。瑞米和蒂米带着林果在隔壁他们自己的房里。抵达时，我喝了一杯香槟。我们总在吃东西。

　　"我喜欢她写的'贵宾间'。"南说，显然她对我们游览"圣城"时住宿的酒店印象深刻。我不知道这是不是妈妈故意玩的文字游戏，但还是忍不住笑了。
　　南把日记递给她的丈夫史蒂夫，他读道：

　　5月15日，星期日，寒冷多云
　　今天本来要去里昂·比恩的停车场。后来改变主意跑到了宿营地，这样我们好倒垃圾和洗衣服。我们在警笛和警灯护送下出城。许多人来送我们。

　　"等等，我还得读一下后面这条。"因为里面有个词引起了史蒂夫的注意，他请求道。

5 月 16 日，星期一

今天缅因州的弗里波特很冷。我想我们马上要去里昂·比恩的停车场了。到了里昂·比恩，我买了些东西。要了一件新夹克、一条褐色的裤子和一件新衬衫，打算去墨西哥穿。回露营地了。太冷了，我不能出去散步。

"她真的很期待巴哈之行，"我忍着泪水说道，"马克，该你了。"我说着随即将日记递给他，试图保持镇静。

马克清了清嗓子，夸张地抚平书页。"咳咳……"他读了起来。

9 月 27 日，星期日，无风

我们去了博尔德，遇到苏珊娜，然后又去了仙茶公司。在那儿转了转，我感觉不错。瑞米照了一张我和大熊娃娃的合影。蒂米用轮椅推着我在博尔德到处观光。在特殊药品店停了一下。没开玩笑！他给我的腿买了点乳膏就回来了。

小小的客厅里充满了笑声。"笑死我了！我好奇她有没有在其他地方提过使用特殊止痛霜。"瑞米插话道。我们的思绪又飘回那个秋天，在科罗拉多州的落基山脉，我们之间的一切隔阂开始消除。

妈妈的日记并不啰唆，因为她向来不会长篇大论。本子上只是写着描述一天的简单句子，零星地夹杂了些感受。从在麦基诺大桥被困到她第一次修脚，到在航天中心触摸月球岩石，再到她如何熬夜吃着辣翅和虾仁看"超级碗",她绘出了一张我们的时间表。

继续读下去,我们会哭、会笑、会追忆一些或大或小的事情;大如热气球之旅,小如她记录的点滴——提到的天气啦,她读了一整天的书啦,或者我们去山里兜风时林果将下巴搁在她腿上啦。

过去的一年里,很多时候我们会苦恼,会思考自己为妈妈做的够不够多。当然,激动人心的日子也有,但此外的平常时光并不怎么有趣。可是读着她的日记,我们能够看到她在那些小事里头发现了多少快乐:发型,游客,在路上看见一只兔子,和瑞米一起完成了一幅拼图,或者挑选几张新明信片寄回家。

瑞米低头看了看日记,又读了一条:"蒂米,还记得这个吗?'龙虾节'。"

5月24日,星期二,晴,温度58 ℉(约14.4℃)
蒂米和瑞米出去散了很长时间的步。他们回来后,我到附近走了走。晚饭前,蒂米生了一堆火,烤上一只龙虾做晚餐。

脑海里闪过爸爸最后的日子,我很快意识到我们为妈妈做的任何事情都比他在医院经历的好上百倍。散个小步,坐在火边,吃纸盘上的龙虾,都很不错,要比待在医院里强多了。

"哇,蒂米,听听这个。"再次轮到瑞米时她诧异道。

9 月 10 日

随着白杨树渐渐黄了叶子，天也变得冷起来。上午 10 点左右动身，我们前往珍妮湖。人相当多，所以我们等了一会儿，然后坐在一艘船后侧的位置上。我摘下帽子，以免被风吹走。有个不错的家伙给我们介绍了湖边群山的一切。返岸后，我们沿湖散步，在水边吃了午饭。去杰克逊霍尔买了杂货，回家时看到一大群野牛和几头叉角羚。大家都有些筋疲力尽，所以只是坐着喝了罐啤酒。

"我记得早在九月，她就将房车和营地称为'家'了，"瑞米若有所思地说，"我一直希望这里对她来说能像家一样。"

轮到南了。她拿起日记，翻了几页，在接近尾页处停下。她大声读道：

6 月 9 日，星期四，晴，58 ℉（约 14.4℃）

昨晚我感冒了。我们今天要去匹兹堡。帕蒂过来接我们。我们看了许多不同的地方，沿着坡道上上下下，买了些意大利脆饼和焦糖爆米花，吃过午饭后便回去了。大概 8 点钟的时候，林果病了。瑞米和蒂米不得不带他去看兽医。好像是什么胃痉挛，必须开刀。一切安好。今晚有斯坦利杯。

"你在开玩笑吗？"瑞米叫喊着望向我。我们两个都不相信刚刚听到的内容。目前为止的所有记录都与我们那时候的记忆完全一致，但不包括这条。"她真的说'一切安好'吗？那天晚上可没有什么好的。"瑞米向大家说起自己眼中的那一晚，强调跟妈妈写的有多么不同，讲了我们的一夜无眠，讲了我们的恐惧、焦虑和紧张。

然后她从南手中接过日记，默默地盯着妈妈记录林果手术的那页看了片刻。"这是一个很好的例子，说明妈妈处事比我们更为从容。"瑞米轻声说道，"事实上，最终确实一切安好。妈妈是怎么未卜先知的呢？"

过了一会儿，史蒂夫似乎发现了他一直在找的那条。"在这儿，"他说，"另一棵树。"

3月25日，星期五

今天我剪了头发，是该剪了。下午在布拉夫顿见到许多人，有市长，我帮雷欧种了一棵红芽树。我把它种在一座儿童公园里，将来会挂上雷欧的名字。这是为了纪念雷欧有生之年栽培的所有树木。我去购物中心买了些新衣服。

"妈妈和她的新衣服，"我笑了，"她没有放过一次改变风格的机会。实际上我们在植树之前就去购物了，因为她知道会登上晚间新闻，想要穿得好看一点。"

"那是旅行中最感人的日子之一。"瑞米补充道，"那棵树将会永远在那儿，就像生命赞礼上我们大家为诺玛在星期五港的眺望公园里种下的日本红枫。"

"从东南的南卡罗来纳州到西北的华盛顿，两棵树跨越了整个美国，真是太了不起了，"南的话温暖了这间屋子，"它们构成了一道夹杂着爱、快乐和冒险的永远正能量的弧线。"

"她的能量寄存在树上，"对自然感觉尤为敏感的马克表示，"这些树将会成为许多人的精神试金石。"

"你说得没错，"我赞同道，"各地已经有许多人去参观过这两棵树了。他们拍下照片发给我们并传上脸谱网，自发地照顾着小树。我们听说两株幼苗都挺过了大风暴；我们甚至收到消息，有英国的疗养院护工在低地国家度假时特地跑到杜布瓦公园去看望爸爸的那棵树，真是神奇。妈妈的故事传播之广、之深入人心有时让我们大吃一惊。这些树将让她的生命继续下去，像马克说的那样，为她提供一处附着之所、一块试金石。我们对所收到的爱与热情感激不尽。"

———————————

妹妹史黛西还在世时有一个愿望：她要在五十岁退休，然后去北卡罗来纳州的阿什维尔郊外买个小牧场，建立家园，在里面给爸爸妈妈打造一栋前廊上摆着摇椅的客房。爸爸妈妈会搬过去和她住，她来照顾他们。这都是说好的。

但史黛西没有做到，她四十四岁就死于舌癌。

她的死教我们懂得，生命是短暂的。我们可以一遍又一遍地说这些话，但这种想法却未必深入心间。现实是，我们谁也不知道自己能活多久。像我妈妈这样的人可能被判定了死期，结果却惊讶地发现活得比所有人预期的都长。还有些人会推迟享受生命的乐趣，结果却早早在梦想实现前突然倒下。

虽然听起来很老套，但真理就是这样：我们拥有的一切是当下正在展开的一瞬间。任何人无论身处何地，那个当下都可以充满美丽、快乐、爱和可能。我妈妈就是活生生的例子。

在巴哈逗留期间，我和瑞米读完了整本日记。最后，我们发现妈妈的日记最引人注目之处不是里面记录了什么，而是省略了什么。关于癌症或声誉——我们旅程的两大主题，她一个字也没有写。她没有写看到自己上了电视或是在街上被认出来。她没有写关于死亡或疾病的恐惧。相反，她谈的是生命、生活，还有给她带来幸福的细微小事，比如结实的轮椅和推她的人；看到母羊和小羊；曲奇和薄荷馅饼；烫了个漂亮的发型；收到圣诞帽和一块新肥皂；跟家人、朋友、值得信赖的好帮手林果一起享受美食，等等。

理所应当地，她吸引来了自己所关注的东西：快乐吸引快乐，爱吸引爱，和平吸引和平。通过每一个微笑，每一张傻笑的鬼脸，每一个站点，我们从她那里学到了很多很多。我很感激我没有剥夺自己真正了解妈妈的机会。最重要的是，她教会我对生活说"是"！

序 言

人名：

Tim Bauerschmidt：蒂米·鲍尔施密特（男，本书作者之一）

Ramie Liddle：瑞米·利德尔（女，本书作者之二）

Jan：简

Leo：雷欧（蒂米的父亲）

Norma：诺玛（蒂米的母亲）

Stacy：史黛西（蒂米的妹妹）

Gary：加里

Janelle：珍妮

Pedro：佩德罗

Janet：珍妮特

John：约翰

Lori：洛里

Kasie：凯斯

地名：

Baha California Sur：南下加利福尼亚巴哈半岛

Maryland：马里兰州（该州陆地面积的二分之一属大西洋海岸平原，南部是沙地，北部土地肥沃。该州跨大西洋的切萨皮克湾，海岸线长达3200英里。切萨皮克湾是一条宽而长的海湾，由南向北伸入内陆，把马里兰州分为东西两部分。）

Colorado：科罗拉多州（该州是美国西部的一州，东接堪萨斯州，南接俄克拉何马州和新墨西哥州，西邻犹他州，北与怀俄明州和内布拉斯加州接壤。该州首府兼最大城为丹佛。科罗拉多州州树为云杉，州花为薰衣草，州鸟为云雀。）

Michigan：密歇根州（该州是美国的一个州，位于五大湖地区。这个州作为汽车工业的诞生地而闻名。该州由两大半岛组成，分隔两半岛的水面叫作麦基诺水道。南为下半岛，是该州的主体，面积较大。其南境西半部接印第安纳州；东半部接俄亥俄州。半岛西、北、东三方面均濒湖：西北为密歇根湖，东北为休伦湖，东为圣克莱尔湖与圣克莱尔河，东南是伊利湖。北部为上半岛，面积比下半岛小，北濒苏必利尔湖，南临密歇根湖，西南邻威斯康星州，东端为圣马里斯河及苏运河。全州湖岸线长达5000公里。）

Prescott, Arizona：亚利桑那州的普雷斯科特

Death Valley：死亡谷

Bryce and Zion National Parks：布莱斯和锡安国家公园

Tennessee：田纳西州（该州位于美国东南部，东起北卡罗来纳州州界的阿巴拉契亚山脉，南临佐治亚州、亚拉巴马州、密西西比

州，西至密苏里州和阿肯色州东边的密西西比河，北接肯塔基州和弗吉尼亚州，地势东高西低。首府纳什维尔，州内还有美国乡村音乐的中心孟菲斯。）

Southern Maryland：南马里兰州

Nevada's Great Basin：内华达大盆地

Idaho's Sawtooth Mountains：爱达荷州的索图斯山

Glacier National Park in Montana：蒙大拿州的冰河国家公园

Oregon Coast South：俄勒冈南部海岸线

California's Highway 1：加利福尼亚州沿海一号公路

Maine：缅因州（位于美国的东北角的新英格兰地区，西南方与新罕布什尔州为邻，西北和东北边境分别毗邻加拿大，南临大西洋。）

Utah's Arches National Park：犹他州拱门国家公园

Avery, California：加利福尼亚的埃弗里

Love Creek：爱之溪

Mexico Highway 1：墨西哥的一号公路

Tecate：特卡特（位于墨西哥北部）

第一章

人名：

Atul Gawande：阿图·葛文德（白宫最年轻的健康政策顾问、影响奥巴马医改政策的关键人物，他曾受到金融大鳄查理·芒格的大力褒奖，也是《时代》周刊 2010 年评出的全球 100 位最具影响力人物榜单中唯一的医生。）

地名：

Presque Isle.：普雷斯克艾尔

North Carolina：北卡罗来纳州（该州是美国东南部大西洋沿岸的一个州，北接弗吉尼亚州，东濒大西洋，南接南卡罗来纳州和佐治亚州，西邻田纳西州。）

Pennsylvania：宾夕法尼亚州（该州是美国东部的一个州，西北临伊利湖，北和东北接纽约州，东接新泽西州，东南临特拉华州，南连马里兰州，西南为西弗吉尼亚州，西与俄亥俄州接壤。）

第二章

人名：

Lenny：伦尼（汽车销售经理）

Ralph：拉尔夫（蒂米的舅舅）

地名：

Cheboygan：希博伊根（美国密歇根州下半岛北部的一个县，北邻休伦湖。）

第三章

人名：

Jimmy Buffett：吉米·巴菲特（吉米·巴菲特，1946年12月25日出生于美国密西西比州，职业演员，主要作品有《我爱猫头鹰》。）

Maslow：马斯洛（美国著名心理学家，先后出版了《动机与人格》《存在心理学探索》《宗教、价值观和高峰体验》《科学心理学》《人性能达的境界》《人的动机理论》等著作，马斯洛需求层次理论便出自《人的动机理论》，该理论问世后产生了深远的影响，至今在人力资源行业、教育行业、流动人口管理、青年教师管理、水资源开发利用、管理心理学、企业薪酬制定等方面都有运用。）

Gutzon Borglum：格曾·博格勒姆（1867年3月25日—1941年3月6日，是一个丹麦裔美国人，著名艺术家和雕刻家，创造了不朽的南达科他州拉什莫尔山的总统雕像。）

Tanya：塔尼亚（瑞米的朋友。）

地名：

Lake Huron：休伦湖（北美五大湖中第二大湖，其位置居中，美国和加拿大共有。它由西北向东南延伸，长330千米，最宽295千米，面积5.96万平方千米，湖岸线长2700千米，东北部有乔治亚湾。）

Wisconsin：威斯康星州（该州是美国北部的一个州，别称"獾州"，北部是苏必利尔高地，南部是平原，西北濒苏必利尔湖，东濒密歇根湖，东北接密歇根州，西邻明尼苏达州，西南与南两方面与艾奥瓦州及伊利诺伊两州接壤。威斯康星州有温暖的长夏与严寒的冬季。）

Minnesota：明尼苏达州 [明尼苏达州北接加拿大的曼尼托巴省和安大略省，东临苏必利尔湖，隔密西西比河与威斯康星州相望，南接艾奥瓦州，西邻南、北达科他州。美国大陆的极北点（北纬49度23分）就在该州，因此明尼苏达州的别称为北星之州。首府为圣保罗。]

Mount Rushmore：拉什莫尔山 [俗称美国总统公园、美国总统山、总统雕像山，是一座坐落于美国南达科他州基斯通附近的美利坚合众国总统纪念公园，公园内有四座高达 60 英尺（约 18 米）的美国历史上著名的前总统头像，他们分别是华盛顿、杰斐逊、老罗斯福和林肯，这四位总统被认为代表了美国建国 150 年来的历史。]

South Dakota：南达科他州（美国中西部的一个州，北接北达科他州，东接明尼苏达州和艾奥瓦州，南邻内布拉斯加州，西边是怀俄明州和蒙大拿州。）

第四章

人名：

Benjamin Spock：本杰明·斯伯克（1903 年—1998 年，享誉全球的美国儿科医生。）

地名：

Wyoming：怀俄明州（该州位于美国西部落基山区，州轮廓近似正方形。北接蒙大拿州，东接南达科他和内布拉斯加州，南邻科罗拉多州，西南与犹他州毗连，西与爱达荷州接壤。在美国，怀俄明州的人口最少。它的人口密度其实只有 6 人 / 平方英里，叉角羚和鹿科动物比人类居民还多。那里有浑然天成的山川景观和大片的原始森林，黄石国家公园和大特顿山国家公园也坐落于此。美国仅有几个州，人们还能看到真正狂野的西部景色，怀俄明州是其中一个。）

Bighorn Mountains：比格霍恩山（位于怀俄明州，属于落基山脉。）

Yellowstone National Park：黄石国家公园（黄石公园，是世界上第一座认证的国家公园，也是世界上最壮观的国家公园之一。黄石公园地跨美国中部怀俄明州、蒙大拿州、爱达荷州三个州。黄石公园内地貌丰富，气候多变，这个冰火磨砺的世界、犬牙交错的幻境，诞生于近两百万年前的一次火山爆发。在这个平均高度为8000英尺的开阔火山岩高原上，遍布着山峦、石林、冲蚀熔岩流和黑曜岩山等地质奇观。）

Toledo：托莱多（西班牙古城，位于马德里以南70公里处，是卡斯蒂利亚—拉曼恰自治区首府和托莱多省省会，塔霍河环绕大半个城市。）

Ohio：俄亥俄州（该州位于美国中东部，是五大湖地区的组成部分，别称"七叶树州"。它位于俄亥俄河与伊利湖之间，因俄亥俄河得名。）

第五章

地名：

Boulder：博尔德（博尔德是美国中西部地区的一个小型城市，位于科罗拉多州的博尔德郡，坐落在落基山脉的山脚，它是全美绿色城市的典范。）

第六章

人名：

Mark：马克（蒂米的朋友）

地名：

New Mexico：新墨西哥州（美国西南部四州之一。北接科罗拉多州，西接亚利桑那州，东北邻俄克拉何马州，东部和南部与得克萨斯州毗连，西南与墨西哥的奇瓦瓦州接壤。新墨西哥的景致迷人，有红岩峭壁、沙漠、仙人掌等。1846 年—1848 年，墨西哥美国战争爆发，而后新墨西哥变成美国的土地。）

Pueblo：普韦布洛（普韦布洛是美国科罗拉多州一个自治城市，位于该州中南部阿肯色河畔。普韦布洛是美国科罗拉多州中南部工商业城市，有发达的灌溉农业和大煤田，有钢铁、有色金属冶炼、汽车部件、石油加工、肉类加工等工业。普韦布洛县和普韦布洛市的地名均源于当地的印第安部落普韦布洛人。）

Sangre de Cristo Mountains：基督圣血山脉 [位于新墨西哥境内，别称为"迷人之地"（Land of Enchantment），在基督圣血山脉可观看血红的落日，因此而得名。]

New Orleans：新奥尔良（美国路易斯安那州南部港口城市，濒临墨西哥湾，是路易斯安那州一个重要的港口城市，以爵士乐和法国殖民地文化闻名。新奥尔良市是美国路易斯安那州最大的城市，也是美国仅次于纽约的第二大港城，它坐落在路易斯安那州的东南部，密西西比河下游入海处，北临庞恰特雷恩湖。）

Chaco Canyon：查科峡谷（位于美国新墨西哥州西北的纳瓦约印第安人保留地，是公元 850 到 1250 年期间的一个古印第安文化主要中心。它是一个宗教仪式、贸易的中心，并且是史前四角地区的行政中心。查科因为它的纪念性、仪式性建筑和它独特的建筑风格而闻名。如今，这里气候干燥，草木不生。峡谷两旁耸立着 15～40 米高的峭壁，峭壁之间是时断时续的查科河冲积而成的沙石河床。）

Old Town Albuquerque：阿尔伯克基老城（1706 年由西班牙人建立，1846 年被美国人占领。有西班牙式教堂和旧城及著名的桑迪亚峰滑雪场。近年来，多部大制作电影和电视剧在该地拍摄，是电影电视制作最受欢迎的全美十大城市之一，亦被媒体誉为"下一个好莱坞"。）

第七章

人名：

Rick：瑞克

Jo：乔

Luke Bryan：卢克·布莱恩（美国乡村创作歌手）

地名：

Fort Myers Beach：迈尔斯堡海滩

Florida：佛罗里达州（美国东南部的一个州，位于东南海岸突出的半岛上。东濒大西洋，西临墨西哥湾，北与亚拉巴马州和佐治亚州接壤，面积 151670 平方公里，海岸线总长 13500 公里，仅次于阿拉斯加州，居全国第二位。"佛罗里达"源于西班牙语，意为"鲜花盛开的地方"。）

Virginia：弗吉尼亚州（美国东部大西洋沿岸州，别称"老自治领州"。东临切萨皮克湾，隔波托马克河与首都华盛顿相望。1607年英国在詹姆斯敦建立北美大陆第一块定居地，1788年加入联邦成为美国的第10个州。）

第八章

人名：

Gawande：葛文德（阿图·葛文德，美国著名医生，白宫最年轻的健康政策顾问，影响奥巴马医改政策的关键人物，他是哈佛大学公共健康学院教授、哈佛医学院教授、世界卫生组织全球病患安全挑战项目负责人，《时代》周刊2010年全球100位最具影响力人物榜单中唯一的医生。）

Jeff：杰夫（热气球公司职员）

Jon：乔恩

Thompson：汤普森

Connie：康妮

地名：

Orlando：奥兰多（奥兰多位于美国佛罗里达州的中部，是世界上最好的休闲旅游城市之一，西南25公里有著名的奥兰多迪士尼乐园。奥兰多市区有多个面积不小的湖泊，市区的街道非常干净，原住居民也非常友善，而且这里的气候温度也使得其成为旅行、露营、水上活动、蜜月及家庭旅行的最佳去处，每年到奥兰多旅游的游客很多。）

Walt Disney World：迪士尼乐园

第九章

人名：

Courtney：考特尼（CBS 新闻制片人，纽约）

Eliana：埃利安娜（CBS 新闻制片人，迈阿密）

Paulo Coelho：保罗·柯艾略（巴西著名作家）

地名：

Bryn Mawr Ocean Resort：布林莫尔海洋度假村

Perth：珀斯（澳大利亚的一个城市）

West Australia：西澳大利亚州（澳大利亚的一个州）

Rocky Mountains：落基山脉（北美洲西部）

St. Augustine：圣奥古斯丁

San Marcos：圣马科斯

The Grand Canyon：大峡谷（科罗拉多大峡谷）

第十章

人名：

Charlie：查理（帮助诺玛参加游行的商户女子）

Lee Jean：李·琼（入围美国偶像决赛）

Patti：帕蒂（瑞米的好友）

April：阿普里尔（帕蒂的伴侣）

Amanda：阿曼达（查尔斯顿酒保 1）

Robin：罗宾（查尔斯顿酒保 2）

John：约翰（查尔斯顿旅游局的人）

Anderson Cooper：安德森·库珀（CNN 节目 *Anderson Cooper 360°* 的主播）

Gloria Vanderbilt：歌莉娅·温德比（安德森·库珀的母亲，20 世纪70 年代因以她命名的一系列时尚、香水、日用商品而闻名美国。）

地名：

South Carolina：南卡罗来纳州（美国的一个州，北和东北接北卡罗来纳州，东南临大西洋，海岸线总长 4200 公里，西南接佐治亚州，全州轮廓呈三角形，首府为哥伦比亚城。）

Alaska：阿拉斯加（美国西北部一个州）

Iditarod：艾迪塔罗德（美国一市）

Alaska Marine Highway：阿拉斯加海上公路

Hilton Head Island：希尔顿黑德艾兰

Savannah：萨凡纳（美国佐治亚州东部港市）

Baja：巴哈（墨西哥地名）

Charleston：查尔斯顿

其他：

Major League Baseball：美国职棒大联盟（简称 MLB，是北美地区最高水平的职业棒球联赛。1903 年由国家联盟和美国联盟共同成立，是美国四大职业体育联盟之一。）

　　St. Patrick's Day：圣帕特里克节（爱尔兰，3 月 17 日）

　　Jaguar Convertible：捷豹敞篷车

　　Ford Mustang Convertible：福特野马敞篷车

　　Kelly-green：黄绿色（美国画家埃尔斯沃·斯凯利所爱采用的颜色）

　　Homecoming Queen：返校节女王（返校节是美国中学和大学为了庆祝老校友们回归以及新生和他们的朋友、父母的加入而举办的一项传统活动，一般在每年秋季开学后不久举行，活动持续一个星期；返校节女王是由所有学生票选出的最受欢迎的女孩，当选者会乘着车游行，以此拉开体育比赛的序幕。）

　　Budweiser Clydesdales：百威克莱兹代尔马（百威是德国的啤酒品牌，克莱兹代尔马是产于苏格兰的一种健壮驮马。）

　　Great Depression：大萧条（1929 年—1933 年发生于美国及其他国家的经济危机和大萧条。）

第十一章

人名：

Toren：多伦（B&B 老板娘）

Aidan：艾丹（多伦的儿子）

Lenny：兰尼（司机）

Jim：吉姆（餐厅老板）

Briton：布里顿（餐厅行政主厨）

Sophia：索菲娅（餐厅老板娘）

Mike Muscala：迈克·穆斯卡拉（NBA 亚特兰大老鹰队前锋）

Leslie：莱斯利（亚特兰大欧姆尼酒店经理）

Moses：摩西（犹太人的古代领袖）

Megan：梅根（水族馆公共关系协调员）

Diego：迭戈（水族馆明星海狮）

Joe：乔（水族馆首席运营官）

LeBron James：勒布朗·詹姆斯（克利夫兰骑士队前锋，外号"小皇帝"。）

Margo：玛戈（老鹰队社会责任协调员）

Dominique Wilkins：多米尼克·威尔金斯（美国前篮球职业运动员，司职小前锋，因花哨的扣篮动作而绰号"人类电影精华"。）

Oliver：奥利弗（老鹰队老板之子）

地名：

Georgia：佐治亚州（美国东南部七个州之一，为纪念英国国王乔治二世而得名。北接田纳西州和北卡罗来纳州，南邻佛罗里达州，东北与南卡罗来纳州接壤，东南临大西洋，西毗亚拉巴马州。首府亚特兰大。）

Atlanta：亚特兰大（位于美国东部，坐落在海拔 350 米的阿巴拉契亚山麓的台地上，是美国三大高地城市之一，是富尔顿县的县政府驻地，是美国第 9 大都市区，亦是美国佐治亚州首府和最大的工商业城市。20 世纪，它是美国民权运动的中心。亚特兰大是美国十大富豪集聚地之一，这里生活着众多身家千万美元以上的大富豪。2013

年，亚特兰大被评为美国富人最想创业的大城市。）

Marietta：玛丽埃塔（俄亥俄州东南部俄亥俄河畔，是华盛顿县的县治所在。）

Savannah：萨凡纳（美国佐治亚州东部港市）

Alpena：阿尔皮纳（美国密歇根州下半岛北部的一座港口城市）

其他：

B&B：民宿

Applebee：苹果蜂（美国品牌连锁餐厅）

Marietta Local：玛丽埃塔土菜馆

Atlanta Hawks：亚特兰大老鹰队（佐治亚州亚特兰大的职业篮球队，是 NBA 东部联盟东南赛区的一部分。）

Bluegrass Music：蓝草音乐（以 Bill Monroe 的乐队 Bluegrass Boys 命名，是乡村音乐的另一分支。）

Cleveland Cavaliers：克利夫兰骑士队（俄亥俄州克利夫兰的职业篮球队，NBA 东部联盟中部赛区的一部分。）

Omni Atlanta Hotel：亚特兰大欧姆尼酒店

Beverly Hillbillies：《贝弗利山人》（1993 年上映的喜剧类电影，讲述了一个乡村暴发户的故事。）

Hall-of-Famer：名人堂

第十二章

人名：

Gerald R. Ford：杰拉尔德·鲁道夫·福特（1913 年 7 月 14 日—2006 年 12 月 26 日，生于美国内布拉斯加州奥马哈，美国政治家，美国第 37 任副总统和第 38 任总统，第二次世界大战期间在美国海军服役。）

Ralph：拉尔夫（蒂米的叔叔）

Elise：伊莉斯（瑞米以前的学生，海军士官）

Meier：迈耶（据网上资料系"福特"号首任舰长）

Christie：克里斯蒂（造船公司的熟人）

Gerry：格里（造船厂安全主管，曾与史黛西在特工部共事）

McCormack：麦考马克（航母第二任舰长）

Richard Nixon：理查德·尼克松（美国第 37 任总统）

地名：

Virginia：弗吉尼亚州（美国东部大西洋沿岸州，别称老自治领州。东临切萨皮克湾，隔波托马克河与首都华盛顿相望。1607 年英国在詹姆斯敦建立北美大陆第一块定居地，1788 年加入联邦成为美国的第 10 个州。）

Grand Rapids：大急流城（美国密歇根州西南部城市）

San Diego：圣迭戈（美国加利福尼亚州西南部海港城市，海军基地。）

Louisiana：路易斯安那州（是美国南部的一个州，位于墨西哥湾沿岸，为纪念法国国王路易十四而得名。）

Newport News：纽波特纽斯（弗吉尼亚州汉普顿锚地的一个独立市，是北大西洋航路和国内水运的重要港口。）

Suffolk：萨福克市（美国弗吉尼亚州东南部汉普顿锚地的一个独立城市。）

James River：詹姆斯河（美国弗吉尼亚州中部河流，由杰克森河和考帕斯彻河汇流而成。）

Chesapeake：切萨皮克（美国弗吉尼亚州东南部汉普顿锚地的一个独立城市。）

其他：

Kendall College of Art and Design：肯代尔艺术设计学院

WAVES：海军女兵紧急志愿服务队（US Women Accepted for Volunteer Emergency Service；the women's reserve of the US navy）

Hunter College：亨特学院（是美国纽约城市大学下属的一所公立学院，成立于 1870 年。）

Great Lakes Naval Station：大湖海军基地

USS Gerald R. Ford：杰拉尔德·R.福特号（是美国福特级航空母舰首舰，USS 全称 United States Ship，美国军舰。）

Newport News Shipbuilders：纽波特纽斯造船厂

Huntington Ingalls Industries：亨廷顿英格尔斯工业公司

Rayban Wayfarer：雷朋徒步旅行者

ATV：全地形车（All-Terrain Vehicle，能行驶于各种地形的交通工具。）

第十三章

人名：

Julia Child：朱莉娅·查尔德（1962年曾参演电视剧《法国大厨》。）

Jeff：杰夫

Maggie：玛姬（杰夫女友）

Danny：丹尼（邀请蒂米等人前往波士顿的一个警官。）

Louie：路易（丹尼之友）

Janet：珍妮特（路易邻居）

Scotty：斯科蒂（丹尼之友）

Sheryl：谢乐尔（斯科蒂之妻）

Chuck：查克

Nancy：南希

Gary：加里

Lou：卢

Jimmy：吉米（贝拉艾尔海鲜店老板）

Stephanie：斯蒂芬妮（吉米之妻）

Lisa：丽莎

Bob：鲍勃（丽莎丈夫）

Grace：格雷丝（丽莎之女）

Ralph Lauren：拉夫·劳伦（时装界"美国经典"品牌）

地名：

Massachusetts：马萨诸塞州（位于美国东北，东濒大西洋。大部分地区丘岗起伏，海蚀地貌与冰碛地貌广布，西北部是新英格兰高地的一部分，西北角的格雷洛克山海拔1064米，为全州最高点。海岸线曲折，多优良港湾。1788年加入联邦，为美国独立时最初13州之一。中文简称"麻省"，世界著名学府哈佛大学和麻省理工学院都位于该州。）

Cleveland：克利夫兰（美国俄亥俄州东北部港市）

Upper Peninsula：上半岛［全称密歇根上半岛（Upper Peninsula of Michigan），又称上密歇根（Upper Michigan），更通俗的称呼为"桥以北的土地（the land above the Bridge）"，是构成美国密歇根州的两块陆地之一。］

Cornish：康沃尔郡（康沃尔是英国英格兰西南端一郡。）

Minnesota：明尼苏达州（美国北部一州，首府为圣保罗。）

South Dakota：南达科他州（美国中西部的一个州。）

Caucasus：高加索（亚欧大陆黑海、亚速海同里海之间的广阔地区。）

Rocky Mountain：落基山脉（美洲科迪勒拉山系在北美的主干，由许多小山脉组成，被称为北美洲的"脊骨"。）

Boston：波士顿（美国马萨诸塞州的首府）

Foxboro：福克斯伯勒（美国马萨诸塞州一小镇）

Winthrop：温斯洛普

Acadia National Park：阿卡迪亚国家公园（缅因州大西洋沿岸）

Mount Desert Island：山漠岛 / 芒特迪瑟特岛

Bar Harbor：巴尔港（阿卡迪亚的核心城镇）

Tybee Island：泰碧岛（位于佐治亚州东北端）

其他：

Belle Isle：贝拉艾尔

YMCA：基督教青年会（Young Men's Christian Association）

Felix's Restaurant and Oyster Bar：菲力克斯牡蛎餐吧

第十四章

人名：

Dr. Wilson：威尔逊医生

Craig Melvin：克雷格·梅尔文（NBC 新闻主播）

地名：

Bear Run：熊跑溪（宾夕法尼亚州境内约克加尼河的一条支流）

The Strip District：横带区（宾夕法尼亚州匹兹堡市一街区）

Mount Washington：芒特华盛顿区（宾夕法尼亚州匹兹堡市一街区；与新罕布什尔州中北部白山山脉的主峰、美国东北部最高峰的华盛顿山同名，此译以示区别。）

San Juan Islands：圣胡安群岛 [位于美国华盛顿州普吉湾（Puget Sound）北部。]

Minnesota：明尼苏达州（美国中北部州）

Amish Country：阿米什村

North Dakota：美国北达科他州

Bismarck：俾斯麦（是美国北达科他州中部伯利县的县治，也是北达科他州的首府。）

Montana：蒙大拿州（美国西北部的一州）

Mammoth Hot Springs：猛犸温泉（世界上已探明的最大的碳酸盐沉积温泉。）

Livingston：利文斯顿（蒙大拿州西南一市，位于黄石公园之北。）

Matanzas River：马坦萨斯河

第十五章

人名：

Nan：南

Steve：史蒂夫

Popeye：波沛

Grant Wood：格兰特·伍德（美国画家，成名作《美国哥特式》。）

Kathryn：凯瑟琳

地名：

North Cascades National Park：北瀑布国家公园

Diablo Lake：魔鬼湖

Fidalgo Island：菲达尔戈岛

The San Juan Archipelago：圣胡安群岛

Peace Island Medical Center：和平岛医疗中心

Hospice of the Northwest：西北临终关怀医院

Hospice of the San Juans：圣胡安临终关怀医院

第十六章

人名：

Dathan：达森（矿场经理）

Mario：马里奥（煎玉米卷店老板）

Adolfo：阿道夫（古董店老板）

Lupe：卢佩

Glenna：格伦娜

Marky：马克

Nan：南

Steve：史蒂夫

Dwight：德怀特（佛罗里达营地的维修工）

Kevin：凯文（北卡罗来纳州好友）

Suzanne：苏珊娜

地名：

Bay of Conception：康塞普申湾

Sanibel Island：萨尼贝尔岛

Dahlonega：达洛尼加（达洛尼加，美国佐治亚州东北部山脚下的一座城市，历史上因淘金而闻名，1828 年的时候为美国第一个淘金地。）

Sea of Cortez：科尔特斯海

Vizcaino Desert：比斯凯诺沙漠

Santa Rosalia：圣罗萨利亚

Mulege：穆莱赫

North Carolina：北卡罗来纳州

Coyote Island：科右德岛

Good Heart Trail：善心小道

Freeport：弗里波特（缅因州一市）

Boulder：博尔德（科罗拉多州中北部城市）

Mackinaw Bridge：麦基诺大桥

Lake Jenny：珍妮湖

Jackson Hole：杰克逊霍尔（怀俄明州一市）

Bluffton：布拉夫顿（明尼苏达州一市）

Overlook Park：眺望公园（位于华盛顿州星期五港）

DuBois Park：杜布瓦公园（位于南卡罗来纳州）

Asheville：阿什维尔（美国北卡罗来纳州中西部城市）

其他：

LL Bean：里昂·比恩（美国著名的户外用品品牌）

Walt Disney World Resort：华特迪士尼世界（位于美国佛罗里达州奥兰多市郊，是世界上面积最大的迪士尼乐园。）

EPCOT：未来世界（全称为 Experimental Prototype Community of Tomorrow，迪士尼的主题公园之一。）

Spaceship Earth：地球太空船（迪士尼未来世界的游玩项目）

Amazing Grace：《奇异恩典》（收录于专辑《光阴的故事》中的一首歌曲。）

Celestial Tea Co：仙茶公司

Lobstergram Day：龙虾节

Stanley Cup：斯坦利杯（美国、加拿大职业冰球全国锦标赛杯。）

致　谢

生活中总有些机缘巧合。

就在考琳·玛塔尔最亲爱的祖母去世后不久，我们的脸谱网站——"诺玛小姐的旅途"便出现在她的眼前。跟其他许多人一样，她写下一条真情实意的留言与我们倾吐悲痛，内容虽然简短，却永远改变了我们的生活。考琳对于好故事有着一种天生的洞察力，她鼓舞我们把自己的故事写出来，后来她成为我们的第一本书的编辑、导师以及啦啦队队长。进行到最后几章时，诺玛就要咽下最后一口气了，或许她也没有想过还会成为我们的理疗师和知己，她陪着我们一起伤心，一起流泪。我们十分感激她能出现在我们的生命中。

我们本不了解什么是版权代理人，直到经朋友介绍认识了斯蒂芬妮·塔德，业内最佳的代理之一。在我们写作整本书的过程中，她充当着"首席激励师"，让我们相信这个世界需要我们的这个小故事。跟着斯蒂芬妮一家接一家地跑遍纽约城大街小巷的出版社，我们很快学到图书界的许多知识，同时也学到一种激情与信任；尽管我们要着手的是一项完全陌生的事务，但我们一直坚信有最好的代理人会在背后支持我们。

无数的人来信说过我们的故事应该写成一本书，然后又得到 Harper One 出版社的朱丽娅·帕斯托的首肯，"他们说得不错。"朱丽娅给了我们下笔写作的勇气，她的眼光、同情心、理解以及连续的反馈是我们写作过程中的启明星。为此，也为她不变的热情，我们向她表示感谢。

没有成千上万诺玛小姐的粉丝，就不会有后来的这些故事。通过脸谱网建立的人际关系超乎我们的想象。我们至今仍不断收到支持、鼓励或善意的消息，偶尔还有蛋糕和啤酒的邀请。这些新朋友在最幸福的时刻陪着我们一起欢乐，在最悲痛的日子里陪着我们一起悲伤。来自世界各地的爱意给予了我们难以言表的鼓舞，对此我们感激不尽！

美国国家公共电台新闻

诺玛小姐的旅途：
90 岁的老人在确诊癌症后踏上了最后的生命之旅

　　凯莉·麦克弗斯，主持人：接下来是关于学习"活在当下"的故事。蒂米·鲍尔施密特在 19 岁时离家，有时候会打电话或者偶尔开车去看望居住在密歇根州的父母。几十年就这样过去了。

　　奥迪·科尼什，主持人：他的父亲去年去世后，他明白了 90 岁的母亲无法独自生活。之后，他意识到……

　　蒂米·鲍尔施密特：我并不了解我的母亲，和她有过几次尴尬的谈话。当我和父亲通电话的时候，她会站在电话边上。我得说，妈妈，你在吗？你在听着电话吗？她会说，噢，是的，我在这儿。

　　麦克弗斯：蒂米说，在过去，他的母亲诺玛·鲍尔施密特就是这样，总是站在他父亲边上。他们结婚 67 年了。在父亲去世的两天后，悲痛中的诺玛被确诊患上了子宫癌。医生建议她进行子宫切除手术和化疗。

　　瑞米·利德尔：她说，不，我不想做。

　　科尼什：这是蒂米的妻子，瑞米·利德尔。这对夫妇向诺玛提出一起生活的邀请，但有个问题是他们要住在房车里，还要整天旅行。瑞米说诺玛思考了两分钟就给他们答复了。

瑞米：诺玛当时说：我已经90岁了，我的人生之路快到尽头了。让我们玩点有意思的吧，我一分钟也不想待在医生的诊所里。

麦克弗斯：所以去年夏天，诺玛、瑞米和蒂米就开始了长达一年的冒险旅行，他们还带上了贵宾犬林果。诺玛在结婚前，曾在海军服过役。她在"二战"期间是圣迭戈一家医院的护士，之后便一直待在密歇根州了。

科尼什：他们四人开着房车启程后，诺玛经历了她生命中的许多"第一次"。

蒂米：之前我们从没去过密歇根州边上的威斯康星州……

瑞米：是啊。

蒂米：……之前我也没来过这里。

瑞米：我也没来过。

蒂米：诺玛之前也没吃过这里的食物。

瑞米：一个牛肉馅汉堡，一只龙虾，几个牡蛎。她很快就知道自己喜欢的是佛岛酸橙馅饼。

蒂米：或者是景点，诺玛之前就没见过大堡礁，或者任何一个国家公园和迪士尼乐园。

瑞米：她之前从来没去过佛罗里达州。

蒂米：她从没去过佛罗里达州，也没在陌生人的家里待过。

科尼什：瑞米一开始就记录了他们的旅程。

瑞米：是的，我决定把它放在脸谱网上。因为蒂米和我总是在旅行，所以我之前就撰写过一个旅游博客。老实说，我喜欢让我住在匹兹堡的母亲知道我们身处何方。

　　麦克弗斯： 她把脸谱网的页面命名为"诺玛小姐的旅途"。几个月后，不只是瑞米的母亲，其他人也开始关注了。有个网站刊登了这篇博客，吸引了全世界成千上万的粉丝。

　　科尼什： 就像瑞米和蒂米那样，世界各地的人们对诺玛满怀敬佩之情。

　　蒂米： 我曾经拒绝过很多东西，对大多数事情的下意识反应就是，不，不！但是现在我会保持沉默，然后思考，也正在适应一些令我悲痛的事情。

　　麦克弗斯： 诺玛上周去世了，享年91岁。她的追悼会就在今天，在华盛顿州的星期五港举行……

享讀者

WONDERLAND